謝謝你，認識我。

想念，卻不想見的人
肆一

推薦序。

by 橘子

讓人想起某些人某些年的書——關於《想念，卻不想見的人》

每個人的心中都有那麼個想念卻不想見的人，只要你／妳活得夠久。不管是有緣無分的戀人、曾經交過心的好友，或者甚至只是互動過的ＩＤ，而有的時候，甚至是擁有血緣關係的親人；每個人的心中都有想念卻不想見的人，有時候甚至不必活得夠老，便擁有，這遺憾。多遺憾。

當初之所以會知道肆一這作家，是連續幾個讀者私訊問我是否看過《想念，卻不想見的人》這本書？當時僅僅只是看到這書名、這八個字外加一個標點符號，心中便有種被打到的感覺，腦海裡立刻浮現那麼幾個名字、幾張臉孔、幾段回憶；那些，我確實依舊想念，但卻，不想再見的人。他們。

補充一個因爲肆一所想起的小故事，然而不得不先說明的是：事隔多年或許我的記憶有誤，而，我還眞是個記憶經常出錯的傢伙，職業病，我想。

幾年前無名小站還存在的時候，我收到這麼一封非讀者來信，她問的不是關於我、也不是我的書，她想問我網誌文章裡提到的一個名字：小一；她提到了一家出版社以及她眼中的幾個畫面，她想知道小一後來去哪了？她好像不是眞的想要再見到他，她似乎只是想要知道他的後來。那出版社、那些畫面恰巧和我認識的小一不謀而合，我覺得很好玩也覺得很好奇，於是便這麼找了找、問了問、重新聯絡起我因爲工作認識但也因爲工作失去聯絡的小一，將他倆連上線之後還不忘追問：所以她是你的誰？

題外話一則：有一陣子我很迷偵探這行業。有一年爲了寫作還當眞起身出門去幫朋友尋找他斷了線的故人；我可能還曾經想要拿這當題材寫成故事吧！不過後來故事沒有開始著筆，而我們各自認識／見過的小一也並非同一人。美麗的誤會，和巧合。

接著在那一、兩年後，肆一帶著他的這本《想念，卻不想見的人》出現，在低迷的台灣出版業中賣出相當好的成績，而我則沒來由的想起她和她尋找的小一，不知道她後來終究找到了沒有？還繼續找嗎？是不是也看到了這本在排行榜上待了好久的暢銷書、想起了曾經很想要找到的這個人？只是想知道他的後來、但並非眞的要再見上一面的小一。想念卻不想見的人，是這樣一本會讓人想起某些人某些年的書，和作家。

最後我還想說的是：閱讀是個好事情，尤其是翻閱著紙張的閱讀，那是有溫度的，那是能寄託的。不管妳／你喜歡閱讀的是哪一類型的書籍、漫畫、圖文書，甚至是著色本，放下滑個不停的手機，離開那些虛擬的網路世界、眞眞假假的網路八卦謠言，或者是其實壓根想賣你個什麼的業配文，看一看身邊的人、眼前的景，翻一翻書籍曾經帶給我們的逃離、寄託，或情緒釋放，好嗎？

那會是你／妳回憶裡的一部分。

橘子　2015／7

慶功版新自序。

等待著不再想念的那一天，在這一天來臨之前，我們繼續照顧好自己

終於不用再刻意繞過常走的道路，終於不必再避開一起去過的店家，終於也不會再為了一首一起喜歡上的歌而記起某個時刻、某個片段，然後忍不住哭泣，你終於慢慢好了。慢慢好了，花了一些時間、用盡了氣力，於是才能在看到愛情電影時，不會再最先感受到的是鼻酸了。或許還稱不上是真的痊癒，可是，慢慢、慢慢你感覺到自己開始好了，終於。

也終於，你不用再閃躲想念了。想念變成是一個自然的存在，你不再以為非要根除了，

日子才能夠過得下去。

彷彿像是走在一條沒有終點的道路，你看不到盡頭，甚至不確定自己是否能夠痊癒，努力再多，回報而來的都是滿身的精疲力竭。當時的你還來不及發現，忘掉一個人要的是努力，但不是要用力。可是，也或許就是因爲曾經經歷了努力過了頭，才會明白適切的重要，才可以學會不勉強。復原，也同樣需要時間讓傷口結痂。

事過境遷之後你才終於懂了，原來只要時間夠久，就沒有所謂的原不原諒。時間並沒有稀釋犯過的錯，它們都還在，但時間卻會把人帶遠。曾經咬緊牙根說著不再原諒的人，最後都成了陌生人。既然是再不相干的人，就沒有所謂的原不原諒。

再過不去的事，最後都同樣留不住；再想念的人，最後也都會變成一個安靜的印記，靜默地躺在心底。這樣的默默，或許就是最好的狀態。

二〇一二年的十二月，因爲希望能夠陪伴大家度過寒冷的季節，所以寫了《想念，卻不想見的人》。而這樣很簡單、很微小的願望，但在許多時刻卻也是最眞切的。能夠陪伴大家度過一段時間，是我的榮幸。然後跟著到了今天，有了一點小小的成績之後，我才更能明白，其實一直以來並不只是我在陪伴大家，大家也都是同樣陪伴在我身邊。

謝謝一直以來總是不吝嗇給我支持的朋友，不管是買書的、按讚的、來留言的，對此我始終都滿懷感謝，也不斷提醒自己這件事。還有身邊的親友，謝謝你們從來都不問收穫的陪伴與支撐。我會繼續懷抱這樣的心情書寫下去。

我是肆一，謝謝你認識我。以後也請多多指教。

我們再一起繼續往前走，難免的掉淚、偶爾的回首都沒關係，每個人都是懷抱著一點傷在往前進的。每一個人，都是這樣才得以學會對自己好。或許這樣的方法很不聰明、會被嘲笑，但得到的答案卻很誠實。

「嘿！陌生人，你好嗎？」然後希望有朝一日，你能夠伸出右手，可以自在地向過去問好。若無其事，最後相安無事。我們一起等待著能夠笑著跟它道別的這一天，能夠跟想念一個人相依爲命道別的那一天。而在這一天之前，我們都要繼續好好照顧自己。

祝　好。

自序。

沒有人可以阻止你對自己好，因爲你是你的

那些該忘的、該丟的，再捨不得也要試著去捨得的，都應該留在轉身那一刻。給予出去的，他可以帶走，但自己不想留的，也記得不要攬在身上。就因爲如此，所以我一直很擔心自己的文章，只會爲大家帶來更多淚水，然後，再沒其他的。愛情已經夠叫人傷心，何苦要再爲難大家的眼淚。

因此，我才會努力試圖在文字裡加點暖色調。我期許自己是個陪伴者，不只是發聲，而是在擦乾淚水後，告訴看的人還可以試圖往前走。哪怕只有一步，都彌足珍貴。我也希望自己的文字是一帖藥方，每看一回就覺得傷口又好了一些。這一直是我所盡力想要做到的。

而這本書是，禮物，因此才刻意選在十二月出版。

我試著想，從十二月開始或許是一年最歡欣的時刻，一連串的假期、說不盡的恭賀、送不完的禮物；然而，對單身的人來說，卻是所有唯恐避之不及的開端。聖誕節才走沒幾天，新年就來了，接著今年農曆年也特別早報到，然後，怎麼轉眼又到了情人節。而，孤單是會累積的，像是越往高山攀爬一樣，心會越被壓得喘不過氣。

因此，我這麼想著，或許這本書可以當做是每個覺得寂寞的人的暫時避風港。在這裡有人陪伴，有人不說話卻給安慰，然後就會讓自己覺得不再是一個人。不再，那麼孤單。我一直都相信，人都必須要靠自己堅強，我的力量微薄，但哪怕是只有一點點，我都希望有人在某一刻因爲看到了我寫的東西，即使只是某一句話，都覺得自己可以再勇敢一些。這樣，很足夠。

在還沒有某個親愛的跟自己手牽手時，仍舊可以跟自己交換禮物。或許天是凍的，但至少知道還有某個地方會是暖的。

永遠都要記得，沒有人是戀愛高手，愛情是一輩子的學習；也不要去計較別人的好運氣，因爲運氣求不來，但努力再去愛卻可以。我們都無法保證愛情會很好，因此只能努力去讓愛情變得好。而最終，你只要去相信一件事就足夠，就是自己可以擁有幸福。這樣，就可以讓你勇敢。

謝謝我的家人朋友，是你們讓我知道，無論如何，最後還是會有個地方有我的容身之處，不問是非，只管喜悲。

最後、也最該感謝的，是每一個幫我在臉書上按讚的朋友，你們可能不知道，每一個讚對我來說有多麼大的鼓勵，我都很感謝，同樣也很珍惜。我也會一直努力。我衷心希望這本書，你們會喜歡，然後，有所獲。然後，更好。

最後的最後，你一定要知道，沒有人可以阻止你對自己好，因爲你是你的。

祝　好。

肆一

CONTENTS

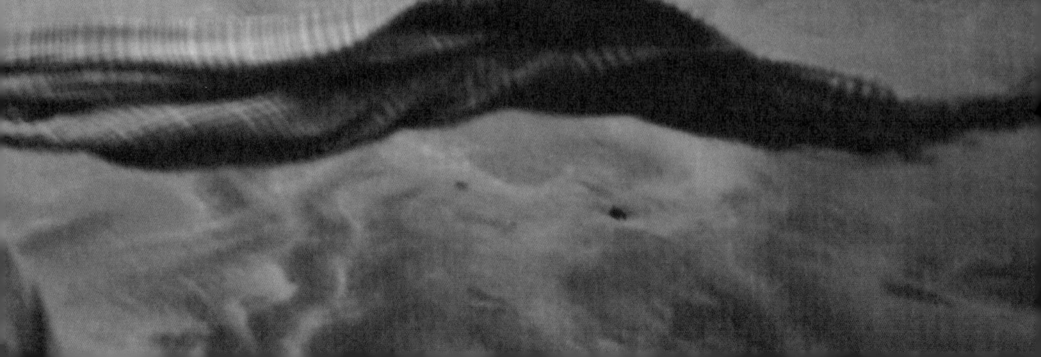

Chapter1

在愛情裡勇敢

Chapter2

幸福的方法

Chapter 3 等待，並不是一種愛情的方式

Chapter 4

寫給未來的他的情書

Chapter1
在愛情裡勇敢

即使緩慢也無妨，一天比一天好一點，就會更好。
只要比昨天更好，就很好，就很重要。

愛情裡沒有好或不好，只有要或不要

一個男人的告白：「想要什麼？直接問他最快。這並不是代表不用心，而是這樣才會知道對方要什麼，禮物的意義才存在。」

好，是一種自由心證，他不想要，但並不表示你不夠好。花了好幾個年頭，你才終於弄清楚了這件事。

大多數時候，只要隨著年紀的增長，吃過的苦頭夠多之後，人會越來越弄清楚自己需要的是什麼。就像是年輕時，總是把折磨當成磨練，錯把吃苦當作吃補，還苦中作樂，再當作功績般向人炫耀。但其實，受苦從來都不是愛裡的必需，有些愛情會讓人成長、越挫越勇，但也有些人，會讓你萬劫不復、不得超生。因為，愛情可以是一種選擇，而不是逆來順受。

也就像是「好」，愛一個人，會努力對他好，百般付出還不夠，更想要掏心掏肺，這是人之常情。因爲，好是愛裡的必需，你很久以前就懂這道理，所以盡心盡力。也就因爲這樣，你才會誤以爲只要對一個人夠好，他就應該會愛你。你都把全部交付給他了，怎麼他還想退還？你想不通、追著他問，但就是不敢責怪他，於是你只好檢討自己，覺得一定是自己不夠好，起碼不夠好到讓他喜歡。你自責，但怎樣都沒想過他的不是，所以才會一蹶不振。

所謂的好，是一種對待，爲對方著想，而不是退到底線之外，還覺得自己不夠好。他離開後，你終於可以這樣去想了。

現在，你開始學會，去愛一個人跟愛自己不是衝突的兩件事。愛情本來就包含了你、我，而不是單數，沒有在裡面的誰過得好，而另一個誰活得壞，這樣稱不上是愛情。愛一個人所以對他好是應該，但從來沒有人跟你說過，不應該是拿好去交換愛，一種關於愛的本末倒置。你這才懂了差異，愛情沒有先來後到，但對待卻要按部就班。

喜歡一個人而去對他好，跟一個人對自己好而去喜歡，是不一樣的事。好包含在一個人裡頭，但卻不能只仰賴好而去愛一個人，因爲這樣只是喜歡一個人對自己好而已。愛一個人，要愛得更多，這是一種更加牢固愛的方式。最怕的是，你只是因爲身旁沒一個人好，所以才愛上對自己好的那個人，當然好在愛情裡很重要，但不能只是憑藉對待去選擇。這是一種愛情裡的明辨是非，而不是不明就裡。

再後來，當有另一個人出現並努力對你好時，你才又多體悟到了一些什麼。你在他的身上看到當時的自己，熱切期盼，但不知怎地，就是動不了心。他不是不好，只是擺到愛情裡頭卻不夠好，你這才驚覺，原來，愛情跟好從來都不是等號，你當時的自責，此刻終於得到了解答。因爲，所謂的好，如果不需要、不想要，就是一種不好。只是這種不好會變成枷鎖，困住付出的那個人。

更因爲，感情，不是你不好，只是你的好他不要，所以你才要去找一個需要的人。愛情，是建立在「要」上頭。

在大多數時候，愛情裡沒有好或不好，只有需要或不需要，或是，想要或不想要。需要是最高級，但想要常常跑在前頭，兩者總要抓住一個，愛情才有成立的機會。但你無法去追問一個人要什麼，因爲沒有一種愛情是靠說服來建構。你明白了，從此不再追求一味付出，而是試著當努力在對一個人好時，同時也問問自己好不好。

是單身，選擇了你

一個男人的告白：「擺脫單身的關鍵，就是，去愛。」

在很多時候，單身的原因是，自己曾愛過某個人。

你並不挑，眼睛沒有長在頭頂，看過你之前交往過的對象的人，都可以證明這一點。A有點禿頭、B脾氣不好、C則是幼稚，但你都愛過他們，而且死心塌地，每個人都說他們配不上你，但分手時你卻哭得死去活來。因爲，愛情從來都跟配不配無關，往往跟你在一起的，都不是當中條件最好的，但卻是最喜歡的。「你一定很挑喔！條件要求很多喔！」你聽過無數次這樣的話，但你愛過，所以在心裡知道那並不是事實。

而且愛情也跟條件無關，是跟頻率比較有關，這是你後來才了解的事。

你談過很美好的戀愛，那些愛一個人的記憶還在你腦海裡，你都記得很清楚，會心跳、會滿足、會微笑，也會哭泣……那時候的你花了很多時間去學習一段感情，然後記憶住了。你一皺眉他就摸你的頭，因爲知道這樣會讓你安心，這種無比的默契，讓你上了癮。從此，你的心裡便有了愛的範本，你已經知道愛一個人是怎麼一回事。所以你不是挑剔，你只是想要去愛，想要之前那樣的愛情、想要那樣的心跳。

就因爲你眞的愛過，所以知道愛是怎麼一回事，因此更無法勉強。

之後遇到的每個人，都比你的前男友好，更體貼、更多金，還會來接你下班，你也試著去約會。就因爲他很好、大家都說他很好，所以你要自己更努力去嘗試，希望在愛的土壤上耕作，然後開花結果。但是你卻發現，他越是對你好，便越是提醒了你，他的不足。他不能陪你看冷門的瑞典電影，不能陪你聊吉本芭娜娜——最重要的是，他不能讓你忘記前男友到底有多好。

因此，你變成了一個人。你沒有把愛往外推，沒有封鎖心門，在週末夜會跟好姊妹去夜店狂歡，總是會有人來搭訕，給了電話，然後約會，但就是沒有人進得了你家大門。朋友也會幫你介紹對象，但總是不了了之，甚至，你也不排斥相親了。以前的你，總覺得相親是老處女才會答應的安排，你如此意氣風發，絕對不會。但後來，你才發現，原來相親只是極想要愛的表示。但是，你始終還是單身。

你也問過自己，是否是自己的問題？總把愛情想得太美好、太偉大？自己是否太過天真？於是，你試著去配合，但卻發現愛情還就不來。太過勉強而來的，最終苦痛都會比甜蜜還要多。你相信愛情需要努力，但強求跟努力不一樣。更後來，你開始懷疑自己想要的愛情是否眞的存在？還是只在自己的幻想中。

然後，你又想起了前任情人。記起了那些戀愛的記憶。你終於又確定，這樣的愛情是存在的，你曾經擁有過，所以現在才會無法放棄。你曾經去過遠方，看見了最美的風景，所以還是想要再擁有。你想起了讓自己痛苦的原因，也記起了愛情的美好，於是你還想要那樣的情感。你並沒有放棄愛，你這才發現，原來，其實是單身選擇了你。你再也不需要跟他人解釋，因爲你曾經眞切地愛過一個人。

你並不是選擇單身，只是選擇了自己想要的愛情。

因此，你懷抱著戀愛的記憶還有溫度，相信只要不放棄，愛就會存在。想愛的人，沒有悲觀的權利。然後，準備好隨時再跟另一個他，手牽手。

他，是你每天醒來的第一個念頭

一個男人的告白：「起床的第一件事？刷牙洗臉，上班。」

你睜開了眼，發現自己又想到了他。

你忘了這是第幾回了，但這陣子你睡醒時總是會想到他，你猜想是天氣轉換的關係，它總是會影響你的情緒。最近氣溫下降，身體冷的感受明顯，就格外需要體溫，這是一種動物本能。分手已經好幾個月了，怎麼還會想他？早該不想了。你這樣問自己，隨即驚訝自己原來一直在數日子，你清楚記得分手的時間。原來時針一直停留在他離開的那天，天氣、電影或者音樂，總有讓你想起他的理由。你發現，你醒來的第一個念頭不是他的次數，屈指可數。

人是會欺騙自己的動物，常常理智還想要說謊，但感情卻跑在前頭。

你忘了是誰跟你說過，一個人最沒有防備的時候其實是早上剛醒來的那一刻。無論你在白天夜裡如何忙碌、多麼堅強，但醒來的第一刻都會破功。因爲這時候腦子還沒甦醒，所以你沒有辦法僞裝、還來不及欺騙自己，你管不住自己的情感，只能由其放任。這時候的你最無防備，只能任由它在你的心上猛力一敲。而這時候的你，對自己也最誠實。

然後你用力地甩甩頭讓自己振作，用幾個深呼吸把氧氣送進腦子裡，理智才總算又回來。你的腦子開始運作，你邊刷牙邊思考要穿什麼顏色的衣服，邊換裝腦子邊同時整理今天工作的重點，搭捷運時準備簡報的內容，然後踏進公司那一瞬間精神百倍，覺得自己又正常了起來。你的能力很強，在公司裡有許多人仰賴你，你總是精神奕奕，臉上的妝永遠滿分。下了班，你逛書店、整理資料，你還報名了法文課，因爲覺得音調很美。一個人時，不管想做什麼，都只要自己同意就行。

但這些努力，全都在清晨醒來的那一刻功虧一簣。

這件事不足爲外人道，你清楚知道他們會說些什麼，就連安眠藥都幫不了你，因爲他向來都不會進入你的夢裡，而是會在醒來時閃出你的腦海。他不是鬼，而是你的脆弱。因此你無法對外面言語。但有更多的理由卻是，這是你的後盾。其實你的心裡很明白，你必須用理智撐起自己，所以你不能跟別人說，因爲只要一說，城牆就會跟著崩塌。你害怕只要一說，鬼就會變成現實，連夜裡都不放過你。

曾經有人建議你，要忘掉一個人最快的方法就是再談一場戀愛。你當然懂，你怎麼會不懂？但跟一個人戀愛要是這麼容易，你又哪來那麼多的感慨。再者，你更是擔心，到頭來是用另一個鬼來趕這一個鬼，你就再也不得眠。

愛情就像是打牌，需要上天的眷顧，沒有人有十足的把握可以贏牌，愛情有時候也就是需要賭一把，你當然知道這道理。但你更清楚，要有好運氣前需要先有好牌技，光靠運氣常常會讓人一敗塗地。於是你想先把心裡的鬼趕出去，然後讓下一個人可以住更久一點，而不想只是仰賴好運，想要相信自己多一些。

你選擇拿到一手好牌的時候再梭哈，然後把鬼牌丟出去，換回一張紅心A。

無情，是你所能給我的，最後的祝福

一個男人的告白：「什麼樣的方式才是最好的分手方法？她爽快答應。」

分手的方式只有兩種：自願與非自願。很久之後你才明白這件事。

所以，你一直都很羨慕可以和平分手的人。那是一種共識，代表兩個人可以平心靜氣去看待彼此的關係，承認對方都很努力、很問心無愧，然後，再把擁抱變成了握手。你們同時都接受了彼此的不完美，理解了愛情的不足夠，因而最後能給予祝福，甚至，還能夠成爲朋友。當時你也才懂，原來愛情的結束就跟開始萌芽一樣，都需要運氣。

除此之外，其餘的分手方式，早在一開始就註定了其中一方會受傷。

你曾經覺得，不當面提分手是一種輕視，是一種對你們愛情的不尊重，但後來你才驚覺，「分手」從來都不是一種禮貌，而是一種對待，你怎麼能夠去跟無心的人要他的心。而他的怯弱，從來也都跟你們的愛情無關，只是他的性格缺陷而已，你沒必要爲了他的錯去爲難自己。

跟著你才發現，所謂的「分手」，原來沒有什麼樣的方式才是最好的，面對面講、傳簡訊，甚至是人間蒸發，基本上都是一樣的。因爲，無論見不見面或理由動不動聽，其實都只是給了一個離開的說法而已，就跟分手的理由一樣，最後都是指向愛情的終結，並無差別。而最終結果也都只會是，不管他的舉動多麼有誠意、理由多麼婉轉動人，都無法讓愛回頭。

然而，你們的差異是：「你想要他留下，而他卻想離開。」你要的從來都不是一個結束，所以不管他用任何方式選擇不愛你，其實你都無法被說服，你早該知道這件事。

再者，即使是眞的面對面分手，也無法讓你的心跟著少痛一分。你也早該明瞭這件事。

最後、最後，你才懂了，其實「好的分手方法」並不存在，因爲無論是哪一種方式，都無法讓你的心被撫慰。

分手，就只是分手了，再沒有其他的。愛情向來都很現實，你怎麼會忘了。所以，費盡心力去營造出好的分手氣氛，對你們的愛情並沒有幫助，對你也是。因爲早在他開口說結束那一刻，你們的人生早就已經岔開，而他那些曾經對你的好，也都在那一刻跟著成爲了過去式。所以無論是什麼「好的分手方法」，都只是錦上添花，事實是他再也無法對你的愛情交代。

因此，後來的你不要他的好，因爲當他做了離開的決定，就再也不是爲自己好。

分手時，你最不需要的就是他的好。因爲，如果他還對你好，只會讓你更離不開這段感情。拖泥帶水的愛，不會讓人幸福，所以請再狠一點，這樣或許傷還會好得快一點，然後盡快開始新的生活。你已經失去了過去，而他的好，則會讓你跟著賠上未來，這是你用了好幾個哭紅雙眼的夜晚才得來的體悟。

最終，他的無情，其實是他所能給你的，最後的祝福。對此，你很清楚。

分手不難，難的是，放手

一個男人的告白：「離開一個人最有效的治療方式不是搬家，而是再擺進另外一個人的東西。」

關於分手，最讓你感到傷心的是，從此以後，他的喜悅或悲傷都再與你無關。而你，也無權再過問。

很久以後，你才意識到這件事，你們的分手也突然在這一刻才有了真實感受。你再也不能牽他的手，不能在一起上街時，故意放慢腳步等他發現你消失了，看見他眼裡的一抹焦急，然後暗自竊喜。你再無這些權利，就連「寶貝」這個稱謂都要跟著一起讓渡出去。比起他的離開，你更捨不得的是你們的那些曾經，它們幾乎不可避免地也會隨著他的步伐一起遠離。一想到這件事，你的喉嚨就像是哽了氣，讓你無法呼吸。才不過一眨眼，你的未來已經在昨日，但你還措手不及。

你分不清自己比較傷心的是失去他？還是失去過去？但唯一可以確定的是，未來再也不會來了。

你們再也不是你們，說話的主詞要從「我們」變成了「我」，你還在練習。有那麼長的一段時間，你們幾乎形影不離，你的所有考慮都以兩個人爲出發點，你的行爲模式早就包含了他，那已經是一種養成的習慣，自然而然，就像是你用右手拿筷子，從沒想過有天你會需要用左手寫字一樣，你還不是很能適應。甚至，你幾乎懷疑，自己會永遠都要去適應「適應」這件事。

而你也想到，從此，他快樂與悲傷的原因，也再不會是你。在所有的失去裡，這點最是寂寞。

你們早已沒有關係了，但你卻還是刻意避開你們常一起走的小巷，你故意繞遠路，剛好就說明了自己的在意。

然後，只要一不注意、一個恍神，你就會不小心多買了一個菠蘿麵包，回家後怔怔地望著它發呆。你不吃菠蘿，但因爲想起他吃時的滿足神態，所以潛意識就往籃子裡擺，像是走路要靠右邊一樣。麵包的香味，讓你想起了他，提醒了你這個房間到處都有他的痕跡，這讓你在夜裡睡不好。

你想過要搬家，卻終日在不捨與失去之間游移，徘徊在你們常去的店家周圍，成了永不得超生的孤魂。

你還捨不得他，因爲已經無法擁有現在的他，所以才會緊抓著曾有的過去不放，你把以前當成是未來在過。你以爲那是一種保有，手還不肯鬆。因此有好長一段時間，你一直站在原地。你也不要往前，因爲你的未來在他那邊，你不要單獨赴約。

一直到過了很久之後你才明白，你的捨不得，沒有讓你獲得更多，只有讓你失去剩下的、僅有的自己。

跟著你也才懂了，其實分手不難，不過是一個揮手，一句珍重。難的是，說了分手之後，手卻還緊抓著不放。原來，雖然他離開了你，但你卻從沒遠離過他。也或者是，他的離開並不是帶走了什麼，而是留下了什麼，所以你才會覺得他始終都還在。分手從來都不難，眞正難的是，放手。

所謂的放手，不是指放開自己的手，而是放開在自己心裡面，他那雙還牽著自己的手。最後你才這樣體悟到。

因爲每個人都只有一雙手，一隻手你要拿來對自己好，而另一隻手，你必須先鬆手，才能有天再牽起另一個人的手。

所以，你不說分手，而是，放手。

不要對我好，我欠缺的是，你愛我

一個男人的告白：「喜歡不等於愛，對你好不代表是愛，但要是愛，一定會對你好。」

比「不愛」還要殘酷的是，「不愛的好」。你終於懂了。

不同的好。你試著想像，愛有很多種形式，而好應該也是，但可以確定的是，好是一種美好的付出，就跟愛情一樣。也因此，你很容易就將好與愛畫上等號。他的好讓你變成了公主，讓你以爲他的好專屬於你，你覺得自己與衆不同，因此你用他對你的好建構出城堡，有可遠眺的窗，還有通往未來的道路，因此你逕自上路，沒有回頭看。

因爲他的好，所以你一不小心就忘了，「好」可以有很多種，但「愛情」卻只有一種。就是，他愛你。

他對你好，但卻離愛很遙遠。你想不通，好跟愛怎麼會分開？對一個人好，怎會不是一種喜歡？你還想著他的好，但卻發現自己竟不是他的那個唯一。就像是赴說好的約，但一直到抵達終點時，你才驚覺自己走錯了地方，你站在原地驚惶失措。你終於想到，他喜歡你，但原來喜歡可以有很多種。

跟著你才明白，他對你，或許僅僅只是某一種喜歡，就像是你很好，但只有好卻不夠，愛情就是難在除了喜歡之外的喜歡。就像是好也有很多種一樣，朋友的好、家人的好、同事的好，還有，情人的好……而喜歡也是如此，有很多種。朋友的喜歡，你終於記起還有這一個選項。最後，你也猜想，這也可能只是他的一種習慣，就像是你習慣睡覺的位置，沒想過要換，所以他還是對你好，可他也只想要對你好，再沒有別的。

愛可以是一種習慣，但習慣卻不一定是愛。而把習慣當成愛，更是大錯特錯。

他不愛你，但還是對你好，讓你捨不得離開，讓你以爲你們還有機會，讓你以爲在他心裡你很重要，你以爲的以爲，到最後都沒有以爲。你無法再往前進，你沒想到，一開始是他的好讓你們的距離變近，但最後也是他的好，讓你被困住。你這才發現，好不一定都是好，就像是完美的人，也要適合的才是美。而他的好，不好。

不愛的好，不僅讓你賠上了過去，更拖住了你的未來。你還把他算進你的未來，但你卻不在他的腦海，你的未來還沒有來就已經過去，未來式變成了過去式。原來、原來，不愛的好，比起不愛，更殘忍。

你這才懂了，原來，距離是一種保護，不只是行車要注意，就連愛情也是。靠得太近，要是來不及煞車，一個閃神不小心就會粉身碎骨、萬劫不復，連命都要不回來。安全帶也是一種保護，但釦環在自己手上，你得爲自己扣上。

因此，你想說，請不要對我好，如果我們沒有未來，請不要對我好，這樣的好，只是一種殘酷。只是一種帶有美好想像的錯覺，就像是七彩泡泡，但註定終會破滅。

不要對我好，我不乏對我好的人，我欠缺的是，你愛我。

而，不愛的好，是不好。

你的愛，包含了另一個人的傷心

一個男人的告白：「為什麼男人總是不安分？因為男人潛意識裡都希望自己是皇帝。」

你要自己不要去問他爲什麼。因爲你太知道，能問來的都會是淚水，而不是答案。

他會說些什麼，其實你都清楚，「對不起」、「我不是故意的」、「我眞的很愛你」……不管是道歉或流淚，都不是你想要的。不是故意，當然沒有人會是故意，但你的心碎卻是千眞萬確，他的無心並不能彌補你的傷心。而他口裡吐出來的愛，眼下都只剩下傷害。該付出的都已經給予，你還能要回來什麼，還要、又能問什麼。

在一個無意的狀況下，你發現了自己是第三者。你很震驚，就因爲打擊太大，所以你忘了要憤怒，也忘了要傷心。就像是快速撞擊，你沒有疼痛的感覺，但一低頭才發現已經滿地的鮮紅。只是這回，血是從心臟湧出。血是熱的，但你的心卻是冷的。其實你最震驚的並不是自己是第三者，而是，他騙了你。他把你對愛的最基本信念都給打碎了。

而不問他爲什麼，並不是表示自己的默許。只是，你再不打算接受他的任何說詞。你不要他的安慰，更不要他的挽留。你害怕自己會心軟，所以只好對他強硬。所以，你不要他的爲什麼，他的爲什麼幫不了你什麼，你只能靠自己找解答。

自始至終，原來、原來，你的未來，從來都不在他的手裡。

當然，你也想過要屈就。你已經很愛他，你的心已經受傷，禁不起再失去他。但跟著，你更震驚自己怎會有這樣的念頭，他不僅讓你變成了第三者，還讓你瞧不起自己。可是，愛情眞的能委曲得來嗎？委曲得來的還是愛嗎？你又問自己，還要多委曲，才足夠 這段愛情，你不僅丟了自己的心，也差點賠上自己的尊嚴。

委曲求全，委曲的都是愛情，成全的都只是一個不圓滿。

再者，你也不懂，犯錯的是他，但爲什麼委曲的卻要是自己？一想到這點，你就覺得荒唐，就像是你們的愛情。從謊言開始，用眞話結束。你也開始懷疑他對你的愛，但一直到很後來你才有所體悟，其實不管他的愛是不是眞的，終究都不重要，因爲唯一可以確定的是，他的謊言是眞的。

你終於才明白，他或許是眞的愛你，但卻沒有愛到要讓你們的愛見光。他對你的愛只在地下，伸手不見五指，所以就連你的淚水他都可以當作沒看見。這是他對你的愛的方式，昭然若揭，你還想要去討什麼呢？更多的愛？還是更多的失望？

你也沒想過要逼他跟她分手，你對愛情的憧憬，從來都不是建構在另一個女人身上。你的愛情，僅僅是愛，也應該只是愛，而不包含另一個人的傷心。你不想傷害誰，即便你已經被傷害，但你仍想要保有自己的良善，這是這段不該有的感情裡，你至少還能夠驕傲的地方。

男人眞要劈腿，防也防不來，你無法要求他人，但你很知道，自己不想要的，也要求自己不要給別人。至少，你可以爲她做到這些，然後，也希望未來有一個她，可以爲自己做到。

他可以讓你當小三，但是你可以選擇自己的光明正大。預防小三的第一步，就是自己不當小三，你很懂。

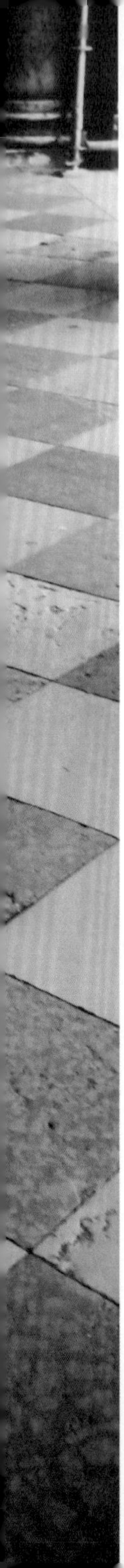

你們的愛，你學會先祝福自己

一個男人的告白：「男人都喜歡年輕貌美的女生，但戀愛跟婚姻是兩件事，男人也分得很清楚。」

與自己年紀相仿的人戀愛，需要的是耐力；跟比自己年紀小的在一起，需要的是耐心。

人對抗不了地心引力，也抵擋不住時間，你用最貴的保養品留住青春、報名瑜伽課程維持體態，你拚命對抗著歲月必然會帶來的痕跡，但在所有你的不情願當中，你無法否認的是時間帶給你的少數好處之一，就是耐心。

年少的你氣盛，只顧著往前走，一說了「不」就沒有第二次的機會，那時你的人生建構在「再重來」上，愛情也是。你從不覺得自己揮霍了什麼，但人生是比較值，現在回頭看，你比以前更懂得珍惜。你也才懂了，時間原來也是一種禮物，端看自己收不收得下這份心意。

也就像是，時間也教會了你，愛一個人不是要讓他變得像自己，而是讓他做自己。

你談過幾次戀愛，對象都是同輩，也或許就是因爲這樣，所以你們的愛情總是拉扯。你們勢均力敵、互不相讓，因此很容易把愛情變成是一場競賽，非要在裡面爭個輸贏，永遠在計算著誰付出較多，誰比較愛誰。你們把對方當成是另一個自己去深愛，但也當成是自己般地要求著契合，後來你才懂，原來你們愛的都是自己。

那時候的愛情是耐力賽，比的是誰體力好，誰的心臟最強，很好勝。

但你也沒想到，後來的你會跟一個年紀小自己這麼多的人戀愛，你當然抗拒過，你的愛情習題裡從來就沒有這個選項。最開始你感受到的不是歡喜，而是驚恐，你還是害怕，但怕的是外界的眼光。生平第一次，你害怕受傷的心情小於其他。然後，你又想起，年紀相仿又如何？之前的戀愛都是斑斑血淚。

當下你才明白，愛情裡面最難的，從來都不是有形的什麼，而是心意。

人言或許可畏，但比不上人心轉變的苦澀滋味。

於是你試著勇敢，跟著也才發現，當初你所抗拒的時間所帶給你的一切，現在都派上了用場。你的好耐心、你的好脾氣，都在他橫衝直撞的時候成了你們感情的後盾。他的一言一行你都看在眼裡，但你再不想著去教他，把他變成另一個自己，而是陪著他學習，然後一起在愛裡長大。在你眼裡他可能還是個小孩，但卻有著大人沒有的專注。你終於才懂了時間的意義。愛情不應該畫地自限，這也是時間告訴你的。

被雷打到的機率是五十萬分之一，中樂透的機率大約是一千四百萬分之一，而愛情的機率有多高？你不想要放棄任何一個可以相愛的機會。而關於時間所帶來的那些

心意，也讓你對於愛情多了一分了然，世界上的人口有七十億，以前的你會想要討好每一個人，但現在卻只要你們好就好。時間無法爲你保證什麼，但至少你沒有浪費它給你一次再愛的機會。

這世界，聲音很多，也充斥著眼光，但都不足以阻擋你讓自己幸福。

因爲，沒有一個愛情會被所有人祝福，任何事都有兩面，你們的愛情也不一定非要得到大家認同不可，但重要的是，你得先學會祝福自己。

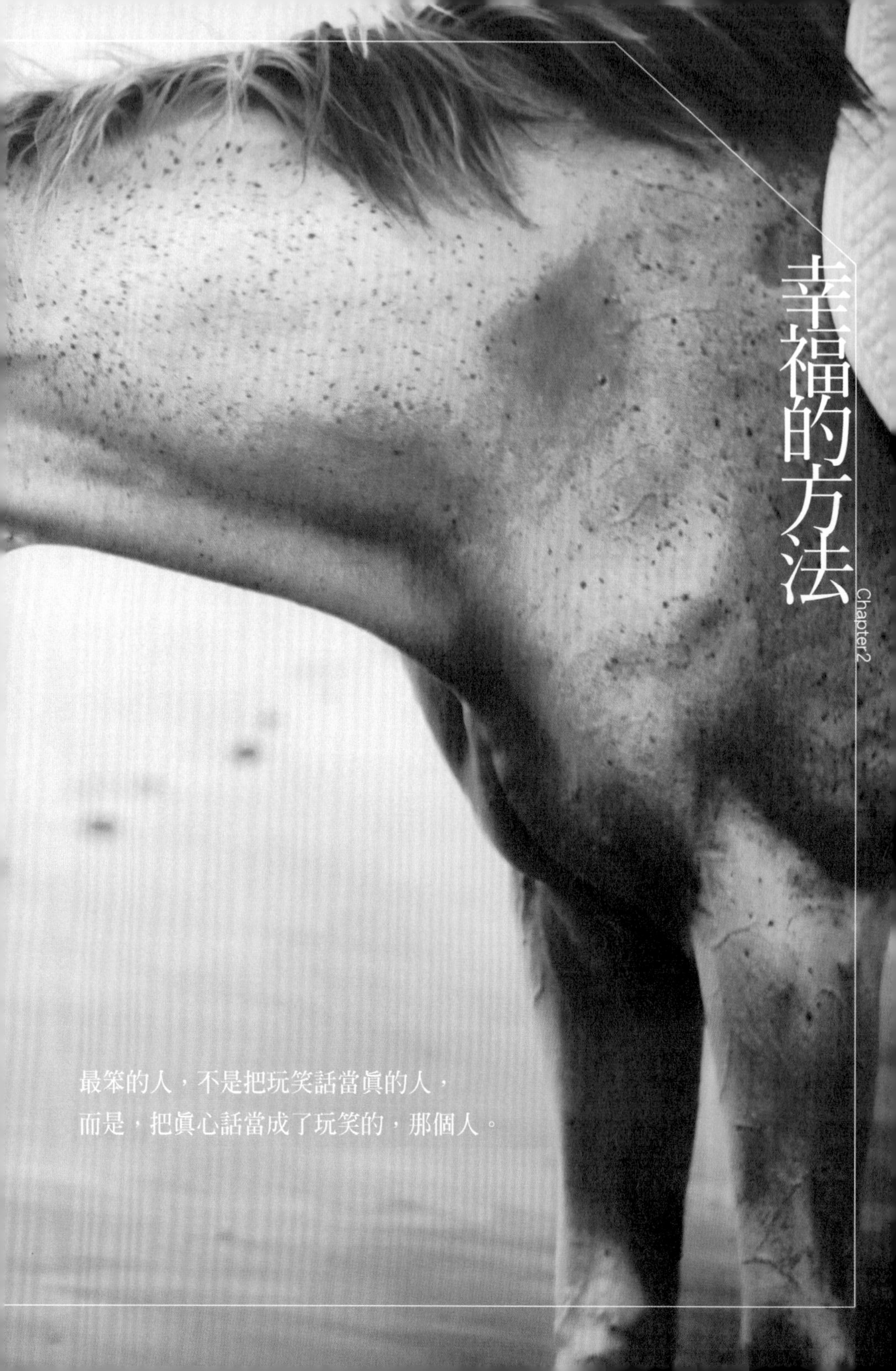

幸福的方法

Chapter2

最笨的人，不是把玩笑話當眞的人，

而是，把眞心話當成了玩笑的，那個人。

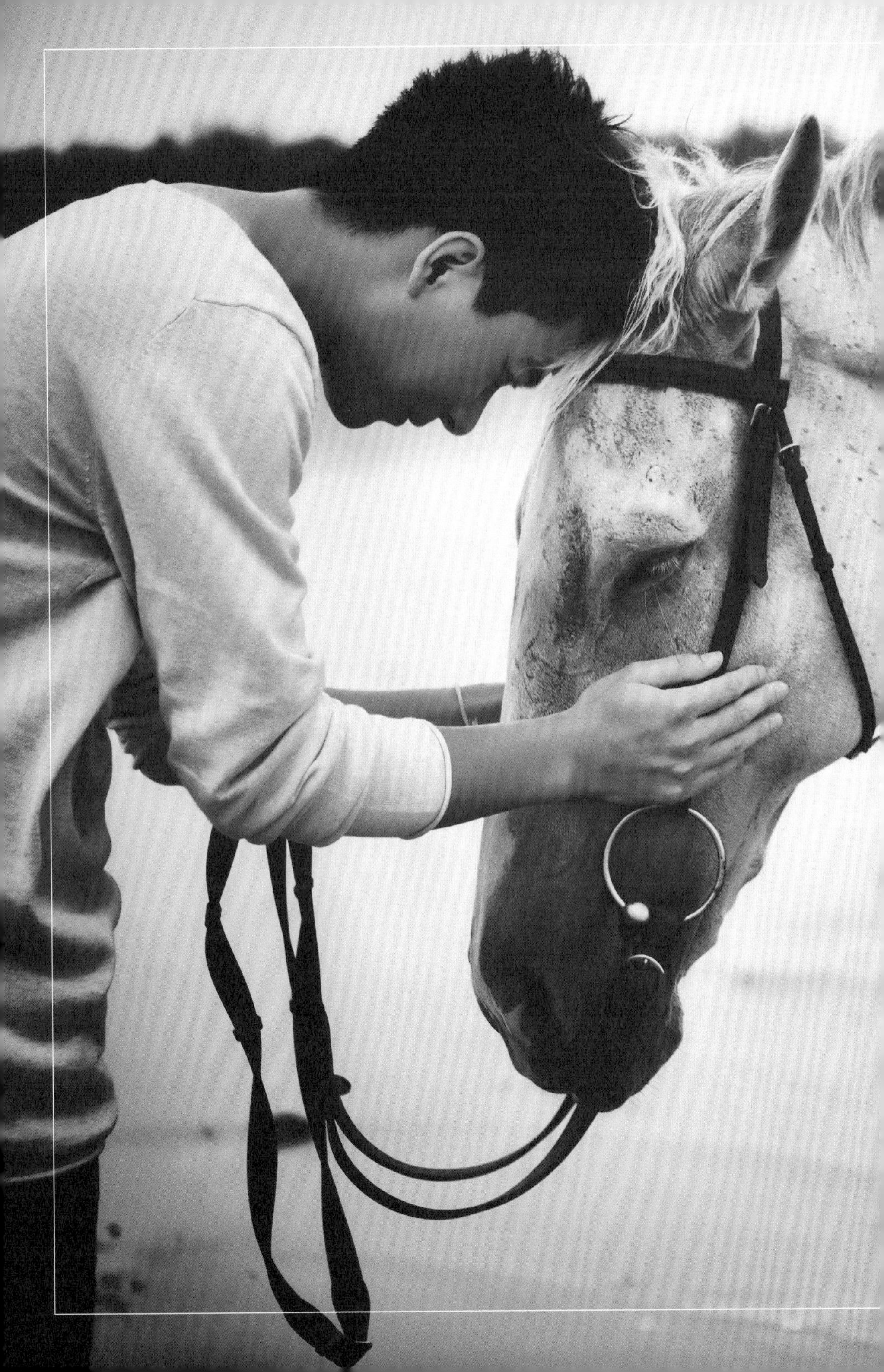

最可怕的不是他的謊言，而是自己的不知不覺

一個男人的告白：「只要是人都會說謊，說謊不好，但比說謊更糟的是，說了還被識破。」

常常，愛情最叫人受傷的部分，並不是他拋下了你，而是，你從來都沒發現，他有離開你的打算。

總是這樣，愛情的初始都建立在夢幻泡泡之上，輕飄飄地，你不曾在意腳不踏實地，因為你的歸屬建築在他身上，今後他就是你的天涯、你的海角，你再沒其他方向好依循，也不需要去追尋。因而戀人從來都未發現泡沫其實很脆弱，眼裡只會看見絢爛的色彩。也因此，他的離開才會一夕就讓你的世界天崩地裂。

你先是措手不及，無法有任何反應，你甚至一度以爲那是他的玩笑？愚人節還沒到，他的玩笑開得太早，他的幽默你不總是能懂。再來，是不知所措，你還再推敲、還再思考其他可能，你也不想要去整理一地的心碎，逕自地別過頭去，因爲你覺得他會回來幫你一把，跟你說，都沒事了，再摸摸你的頭。然後，一切再如往常。你還在想，他怎麼會突然就抽手？一定有哪邊搞錯了、有什麼誤會，一定是。

原來愛情裡，叫人受傷最重的其實並不是謊言，而是不知不覺。後知後覺都還有知覺，不知不覺連反抗的機會都沒有，就一敗塗地。才會不甘心。

再跟著，你開始記起他曾說過的那些承諾，先是一一細數，再拿出來跟他對質，希望他履約。答應了，就要做到，你把它們當作是一種正義的象徵。但愛情卻從來都不是白紙黑字，而是自由心證，所以才那麼難、那麼珍貴。只是當時的你也沒發現，自己並不是在求什麼公正，而是一種乞討。你不是在跟他要回已失去的，而是在求他繼續愛你。你把愛變成了是一種施捨，他在上、你在下，然後還不以爲意。

於是你才發現了，負心的人對自己做過最糟的一件事，並不是他負了你，而是，反悔的人是他，但你卻還在向他解釋，彷彿錯的是自己。

你也把它們拿來當憑藉，給予慰藉，好說明這是你們相愛過的證據，過去的一切並不是自己所想像，而是眞實存在。你曾以爲這會讓你在夜裡睡得好，但沒想到最後卻落得日夜不得安寧，好不容易睡著卻易醒、醒了又像是在夢境，從此不得平靜。因爲你把那些曾有的誓言當作是寶物，所以才會緊抓不放，但沒想到所謂的寶物，唯有自己認同其珍貴性才成立，如果對方已經視爲敝屣，就再也沒有爭論的餘地。

終於你也才驚覺，原來自己竟是拿他的失約來懲罰自己。就像是列車已經進站，他沒出現，你仍堅持等在原地，從此無法前進也沒有方向，成了愛裡受困的孤魂。

所以，之後你再也談不成任何一場戀愛，每個出現的人都會讓你想起他的辜負，每個對你好的人，都會提醒你之後會有多不好。原來，最黑心的愛情，並不是某個人當時欺騙了你的感情，讓你傷心，而是從此之後你草木皆兵，在愛裡永不得超生。最可怕的並不是他當時傷害了你，而是，從此之後損害了你的愛情健康。最後你才這樣體悟到。

可是，在有的時候人就是會遇到不良善的人，你只能盡量去防範，卻無法完全隔離。但，也不能因爲怕受傷，今後就把所有的人都當成壞人看待。你還是希望自己可以繼續在愛裡全心全意去投入，不抽離、不冷漠，但同時也開始去學著不盲目，在愛的同時也能耳聰目明。

把愛過成生活

一個男人的告白：「要怎樣才可以一直喜歡自己的生活？不是強迫自己去愛它，而是它要讓我覺得愉快。愛情也是。」

愛需要兩個人，而兩個人在一起最難的不是「談戀愛」，而是「過生活」。

熱戀時，所有的缺點都會是一種可愛，他抽的每口菸你都覺得太帥，你買的每一隻拉拉熊他也解讀爲你很單純，你們什麼都好，只要有愛就好。等熱情退去，粉色系的色調開始被日曬雨淋替代，日子也不再是玫瑰情話，而是打掃洗衣後，愛情的現實面才終於產生。你開始叨念他抽菸傷身，他則囉唆你買玩偶浪費錢。

因此，你開始懷疑起你們的愛，覺得你們的愛不再。當然，你不是天眞的人，你談過幾次戀愛，清楚知道愛情本來就不可能永遠激情，只是，愛是不是也有保存期限？一旦過期就無法回頭？同時你也懷疑，是愛情變了？還是他變了？於是你懷念起以前的愛情，以及以前的他。他那時候對你多麼好、多麼體貼，在你眼中的他又是多麼完美！以前他什麼都好，怎麼現在不見了。然後在某一次的不小心，你突然發現，他其實也同樣懷念著以前的那個你。

那時候你才警覺，原來他還是他，你也還是你，你們都還是當初那個愛著彼此的自己。只是，你忘了而已。

你忘了，其實他還是對你很好，還是會記得幫你買紅茶時要去糖加椰果，還是聽你的話一天只能抽半包菸，一起去看電影時會主動在背包裡擺上一件外套，因爲知道你怕冷。然後，在你穿著短裙出門的時候還是會吃醋。你一直都在他的心裡面，只是你太習以爲常，覺得這是一種應該。你終於記起，他對你的好都還在，就如同你的一樣，只是自己忽略了他的好而已。

原來，愛沒有保存期限，人心才有。只有人會不要愛情，愛情從來都不會背棄人。

跟著你也想起小時候學過的物理課。因爲地球會自轉，所以在這世界上沒有一樣東西是靜止不變的。所有的事物也都會隨著時間變幻，這本來就是一種常態，就跟人一樣，人會長大，然後更懂自己，沒有一種東西會永遠原地不動，只是可能用了一種自己不知道的方式在移動罷了。因此，去希望一樣東西在原地不變，反而是一種不自然的事。愛情也是這樣。因爲它會前進，所以，人只能跟著它一起前進，才不會被拋下。

原來，你早就學過這些道理。

兩個人可以在一起需要運氣，但要可以一起生活，則要靠的是努力。

到了最後，你終於有了這樣的體悟。你曾經聽過這樣一句話：「愛情會在日常生活中磨損。」但現在的你卻覺得，柴米油鹽或許是一種考驗，但卻不一定是種絕對。它是愛情生活的一種必然，兩個人在一起總會走到那裡，但過不過得去就是全憑本事。愛是一種共識，因此你學著跟他一起走往未來，而不是單純怪罪給命運。

而你們的愛，都還是愛，你們的愛也都還在，只是日子是要學著去怎麼把愛變成生活，而不是生活只有愛。你知道了，所以會很努力。

我們再幸福一年，好嗎？

一個男人的告白：「不要管我會不會愛你一輩子，先過了今年再說。」

後來的你，比起「愛」這個詞彙，更喜歡的是「幸福」。因爲只有愛不表示一定可以幸福，但幸福了，就一定包含著愛，幸福的前提是愛。

談戀愛的人，若說不求永遠，是騙人的。沒有人會想要一段在開始就註定只能有火光片刻的關係，雖然愛情常常不由人，但若是可以選擇，每個人會想要的都是一輩子的伴侶，而不是當某個誰過渡時期的陪伴，然後待時間一到就歸還。但是，永遠光想就太遠，常常還沒抵達就叫人筋疲力盡、滿身傷痕，然後嚷著自此不要再愛。

因爲，永遠是一種完美，而人，離完美很遠。

就因爲沒有人是完美的，所以完美的感情也不存在。因此拚了命去尋找不存在的東西，註定會失敗，最終消耗的只是兩個人的情分而已。你追求過永遠，所以很清楚。當時的你對於未來有許多想像，愛情應該這樣、生活應該怎樣，你在腦中描繪出形狀，然後套在你跟他身上，還以爲這是通往未來的唯一道路。但後來卻發現，未來還沒有來，失去就已經先跑在前頭。他一聲不響在中途就岔開，只剩下你一個人走在永遠上頭。

當時你怎樣也不懂，你如此努力爲彼此的將來費心勞力，爲何他要離開？你做了這麼多、思考得這麼仔細，都是爲了你跟他。你很周詳，但卻忘了愛情規畫不來；你如此嚴謹，但唯一沒想到的就是他會離開。一直以來，你太專注於永遠，卻忘了眼前的當下。就像是一趟旅行，你做了很多功課，知道哪裡好玩好吃，但卻忘了要享受沿途風景。

而所謂的「未來」，其實是用無數個「當下」累積而成的。

花了很長一段時間你也才理解，原來通往永遠的道路有很多條，幸福的方式也有許多種，但不變的卻是需要另一雙牽著自己的手才行。那時候你也才懂，你一直以爲的「永遠」，其實只是「你的永遠」，從來都不包含他。永遠只是你對未來的偏執，因爲永遠並沒有一定的樣式，也沒有非要怎樣不可，只要能彼此相依就足夠。

原來、原來，天堂指的是兩個人與兩顆心。

於是，後來的你不再計較他偶爾會犯錯、就是記不住你們的交往紀念日，因爲你知道自己也不完美，但重要的卻是你們如何看待過錯。任何事都是一體兩面，可以是阻隔的障礙，但也可以是屬於前進的想像。愛情也相同。在愛裡頭更沒有原諒，只有包容。

兩個人在一起，就是一種退讓，但這種讓步並不表示了自己的妥協，而像是預備跳躍之前的屈身，這是一種準備，隨時要往更高、更好的地方去而做的練習。你才終於明瞭，原來你們身上的缺點其實都是一種讓你們更愛彼此的習作，因爲愛，所以才能夠包容。你不再要求完美，而是追求兩個人如何一起過得更好。

最後你才發現，當自己放棄追求永遠時，永遠反而離自己最近。

所以，你想說，讓我們再幸福一年，就這一年，不長不短，不要貪心，然後過了這一年、就會有下一年、接著再下一年……每過一年就會更接近未來一點，或許有天就會抵達永遠。但在此之前，我們先盡最大的努力，去愛過這一年，這樣就很好。

親愛的，我們再讓彼此幸福一年，好嗎？

傷心，不是一種愛情養分

一個男人的告白：「『如果你跟我媽同時掉進河裡，我會先救誰？』『我一輩子都不會帶你們去河邊。』」

愛情裡面，如果連最後的辛勞都不算數的話，就只剩下疲勞。

在談了幾場艱辛的戀愛之後，像彷彿終於醒來一般，你有了這樣的體悟。也像是經過漫長的黑暗之後看到了光似的，很刺眼，將你逼出了淚水，但卻很清晰。

很年輕的時候，你不怕愛情的困難，甚至越困難越叫你欲罷不能，你覺得那是一種挑戰，是通往幸福的必經之路。你不聽勸阻，甚至，你更認爲他人的阻擋，都會是你愛情上的功績點綴。你把困苦與溫熱畫上等號，越是被阻撓，就越不肯妥協。你如此不假思索，只顧追求。那個時候，青春是源源不絕的愛情能源，你有的是年輕氣盛，欠缺的只是他愛你。

愛情需要付出，這道理你很早就懂，並且對此深信不疑，這是你的信仰，你奉爲依歸。所以你只管去做，就怕少了一分，但不怕超載。你不怕苦，也不怕流淚，只怕他不要而已。可是在被傷了幾回之後，跟著你才發現，這不僅僅是自己對於愛情的天真，更是一種假借愛情之名的完美說服。

你曾經認爲，傷心是愛情裡的必需，你把痛苦與眼淚當作是一種愛情的見證。但怎麼也沒想到，原來眼淚是一種稀釋，他每讓你多哭一回，就把你的愛多沖淡一些；他每讓你多傷心一次，就把你往幸福的反方向多推了一點。而愛情，從來都不是沒有功勞也有苦勞，並不是努力就會有結果，兩個人能在一起，除了付出，還需要更多的契合。你很早就懂愛情是個近乎奇蹟的存在，只是在愛情面前，你忘了而已。

因此你把愛情當成是商品，誤以爲傷心是交易的籌碼，只要付出越多，愛情就會離自己更近一點。

那時的你想了很多，做了很多，唯一沒做的，就是不愛他，唯一沒想的，就是他可能不是你的那個他。你對他很好，但就是忘了要對自己好。你怎麼也沒想到，艱辛的愛，或許只是代表了你們沒那麼適合，或是他很難搞，但並不示意著這是眞愛。而需要人拚了命地去愛，往往在愛還沒降臨前，心就會先碎了無數次，命也早已經丟掉。得來不易的愛，或許讓人更加珍惜，但並不表示值得。

你也以爲，愛情就跟生活很像，越是艱困越能鍛鍊心智，只要堅持到最後，幸福終會來臨。但其實愛情跟生活不同，人要是生活得越困難就會越強韌，但在愛裡越是勞心費力，最後消耗掉的只是彼此的緣分，還換來一身的疲勞。

傷心，並不是滋養愛情的養分，而眼淚，也不會是灌溉幸福的泉水。你用無數次的心碎，終於懂了道理。

以前的你，越難的戀愛越不想放棄；現在的你，則承認自己沒有那種能耐。這是二十歲與三十歲的差別，一種愛情的成長。你從沒想過，人在過了青春期之後，還會長大，原來愛情的發育期是從二十歲才開始算起。終究，淚水是一種洗滌，讓你學會辨人識物。

而愛情之所以不可得，不是因爲困難，而是因爲珍貴。

愛情是鞋子，每個人尺寸不同，不一定要最好看，但卻要穿得舒適才行。不適合她的，也不等於你跟他不會很好。或許在愛情裡面需要學的，是如何分辨「好」跟「壞」，而不是一愛再愛。

離開他，是對自己的一種成全

一個男人的告白：「分手，不要老想著什麼才是對彼此最好，要想的是，怎樣才是對自己最好。」

退讓，的確是一種成全，但不是成就了對方，而是保全了自己。

分開以後，你終於能夠這樣想了。以前的你，總是想要離他近一點，你的千方百計、你的若即若離，爲的都是想要更靠近他，你想要了解他所有的一切，以及你們可能的一切。在他身邊，是你當時最重要的事。他的話你都照單全收，不是因爲自己太過單純，而是你更知道，所有的愛都禁不起一點的疑猜。你當然可以選擇不相信他，但這樣一來，你們的愛就會崩塌，因此，你選擇了愛。愛是你的優先。

你心碎過，所以太知道愛情的困難，因此更捨不得放棄任何一點愛的機會。你並不是勇敢，每個受過傷的人都會害怕再愛，你也是，有的人會逃開，但你只是選擇留下。你也不是堅強，只是還想要相信愛而已。就因爲不想活在沒有愛的世界，所以只能要自己去相信，一種沒有選擇的選擇。但其實你很膽小，熟識你的朋友都知道，你或許也很傻，只是、只是你還想要去愛，如此而已。

你最大的勇敢不是去愛他，是去相信愛。你最大的堅強，也不是跟他在一起，而是離開他。

至於你們的結束，縱使過程有多麼波折、你又有多少的不甘心，最後都隨著兩個人分開的腳步，跟著漸行漸遠。你也才懂了，當初自己離他這麼近，原來看到的都是他的局部，現在離得遠一點，反而一切都清晰了起來。你們的拉扯、你們的掙扎，都在距離下看到了癥結，才得以解開。或許時間不會隔絕思念，但卻會稀釋記憶，現在，離他遠了一點，你才第一次發現，原來自己可以這麼接近他。只是這種靠近，不是你當初所想望，但現在得到，又何嘗不是一種幸運。

你也試著想，或許愛情眞的沒有對錯，只是人就是會軟弱、就是會害怕，所以才會傷害了別人。因此你再也不想去爭論是非，不管誰虧欠了誰，或是誰又對不起誰，這些眞釐清了又怎樣呢？唯一可以確定的是，只要是給出去的，你怎樣都要不回來了。恨一個人也需要力氣，就如同愛一個人一樣，你已經花了那麼多的力氣去愛他，再也沒有多餘的可以給他了。

而你也學到，雖然結局一樣，但原來他離開了你其實並不重要，關鍵是在於自己終於可以離開了他。分開，不再是站在原地看著他遠去的背影，而是轉頭看向自己的未來。

他曾經愛過你，又何必去否認，只是他沒有一直愛下去而已，縱使你們的關係已經結束，也不能改變這一點。他愛了你一場，你曾經覺得還不夠，但現在卻覺得也夠了。因爲你怎樣也不要一個人的戀愛，這不是你對愛情的定義，而且也太對不起自己。你努力去試過，所以最後才能選擇退出，因爲你還想要愛，自始至終這點都不變。如果他給不了，就不要再浪費你。

離開他，並不是成全了他，而是讓自己有再跟某個誰相愛的機會，是對自己的一種保全。後來你也明白了這些。

錯的時間與對的人

一個男人的告白：「錯的時間？對的人？那是什麼？女人總喜歡賣弄文字遊戲，你確定知道自己在說什麼？」

你曾經遇過一個自己很喜歡、對方也同樣喜歡你，但卻沒辦法在一起的人。朋友告訴你，這是：「在錯的時間遇見對的人。」你把這句話告訴對方，看著他喪著氣轉身離開的背影，你卻發現自己哭了。

然後在很久之後，你忘了多久，有其他男人也跟你說了同樣的話。「我剛結束一段感情，需要一點時間……」「我還沒走出上一段感情的陰影……」「我現在的重心擺在事業上……」聽過無數次這樣的話語，每每在感情正要邁入下一個階段時，最後總是以「錯的時間」當作收場結語。然後，在一個月後的某個聚會裡，你便聽到了他跟誰在一起的消息。

爲此，你在夜裡睡不著，想過千百個可能的原因。你懷疑過是否是自己不夠好，起碼不夠好到男人願意爲你定下來，你甚至覺得自己一定有某種缺陷，或是擁有男人見到自己便拔腿就跑的魔力，你看電影《倒數第二個男朋友》時心有戚戚焉。你檢討自己，穿上當季最時尚的新衣服、畫上最美的妝、髮型永遠符合潮流，你甚至報名了健身房，以求自己可以穿進再小一號的衣服。但卻發現，帳單上的數字永遠比幸福距離自己更近。

這時，你想起了那個當初被你拒絕的男孩，你才明白，當時那個男孩眼睛裡的喪氣是什麼意思。

原來兩個人在一起，最需要的並不是天時地利或人和，而是意願。因爲工作永遠都會那麼忙碌、每個人也都會有舊情人，需要克服的事情也會一直不斷出現，唯一的差別只是自己是不是對方願意爲此跨越那道防線的那個人而已。無法讓他越過的人，其實都是錯的人。而所謂的「錯的時間」，只不過是當作不傷人的藉口罷了。

那時的男孩比你明白這點，只是你不懂而已。而現在的你更知道，即使是知曉這點，也無法跟一個人計較什麼。

要拒絕一個人可以有上千個理由，但跟一個人在一起，卻只要一個理由就夠了，那就是「喜歡」。

愛情是兩個人一起決議的事情，你說願意、他說好，就可以往下走。你可以為自己做決定要不要繼續，但無法叫別人愛你，這就是愛珍貴的地方。就因爲珍貴，所以你更明白無法強求；就因爲珍貴，所以才不能隨便。

你更明白，自己當初的拒絕與現在的他的理由，其實是同一件事。有時候愛情並不是加減乘除，這邊多一分、那邊少一點，就能夠成立，而一個人是否要跟另一個人在一起，也跟對方好不好無關。你也經歷過，所以心裡明白，只是在跟自己過不去罷了。但在愛情面前，每個人都必須對自己誠實。就因爲認同了這一點，所以自己更必須去接受他的決定。

他已經對自己誠實，你也沒必要替他找理由，因爲你想出來的每一個以爲，其實都只是欺騙自己的謊言。這也是很久之後你才明白的事。

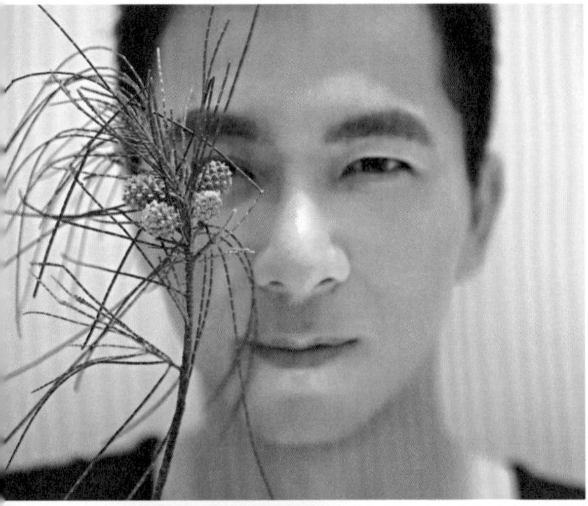

他的密碼，防你的不安

一個男人的告白：「給另一半我的臉書、電子信箱的帳號密碼，不是為了讓他安心，而是幫自己省事。」

信任是愛情的第一步，確立後，才有往下的可能。

因此，你跟他要了他網路上所有的帳號與密碼：電子信箱、通訊軟體、臉書、微博……你告訴自己，要他的帳號密碼，並不是爲了監控他，重要的是它背後所代表的含義——信任。他願意把那組代表隱私的數字給你，這就表示了他對你的信任、對兩人關係的信任，而信任是愛情的基本要求。而更重要的是，這是你對他的信任。

愛情是兩個人在一起的事，因此就得有所妥協、有所遷就，就像你也讓渡了自己的部分不方便一樣，愛情本來就是這樣。所以你不定期上去查他的信箱、訊息，就像是隻工蟻，庸庸碌碌尋找著甜味的蛛絲馬跡，你追蹤著他每天的一舉一動，擔心他的心被偷走，沒想到自己卻也把他當成了賊在防範。

然後你想起了你所說的信任，突然覺得自己有點好笑。那組數字困住了你，你太專注於解碼，而忘了戀人不是警察與小偷。曾幾何時保密防諜竟然變成你們愛情的首要工作。很久之後你才驚覺，「取得你的信任」應該是他的任務，而不是你的職責。

而，你也忘了其實男人都是笨賊。

雖然男人很愛說謊，但卻不擅長圓謊，總是破綻百出，編織謊言的密度永遠也比不過女人的心思。因此，愛情的變化並不需要從電子信箱、臉書上獲得，從語氣、眼神就可以推敲出來。所以你又問自己，爲什麼非要這些帳號密碼不可？目的是什麼？跟著才發現，原來自己並不是在找他可能背叛的證據，其實是在尋覓讓自己安心的證明。沒有陌生女人的留言、沒有曖昧不清的對話，自己就可以安然度過今晚，可是明天呢？其實你的腦海裡沒有一絲要分手的念頭，有的只是要永遠在一起的打算。你終於明瞭，那幾個數字其實是你的不安。

原來你把密碼當成了安全感，但翻完簡訊之後，到頭來你還是得面對自己的不安。

你早該知道，你的不安並不是來自於他，而是自己。男人也有可能擁有另一個帳號，但你卻可能很後面才會發現。密碼跟變心其實並沒有絕對關係，他的帳號密碼也不是消除你不安的良藥。曾經你以爲，對方的帳號密碼是一把鑰匙，一旦擁有了，就可以打開他的心門，但沒想到最後卻是把自己反鎖在裡面。而心不甘情不願的關係也不會是你要的愛，人心也像是風，一旦要走，怎樣都抓不住，防得再密，它還是溜得掉。

原來，與其費盡氣力去掌握一個人，倒不如讓他離不開你，這才是法則。

於是你開始在你們的愛裡面活得好，你把抓小偷的時間拿來安定自己的心；把緊盯電腦視窗的雙眼用來凝視他；把「今天跟誰吃飯？」變成「喝酒不要開車」的甜蜜提醒，你把自己變回了當初那個良善的自己。

當然，信任還是很重要，只是你把密碼還給他，選擇多相信一點他也是良善。這並不是鴕鳥心態，而是你希望自己愛上的是一個這樣的人，如此而已。

1是「我想你」、2是「我愛你」、3是「我想到你的笑」，4是什麼你還在想……後來，你試著把那組反鎖自己的數字，變成你們之間專屬的密碼，這樣，從今以後誰都取代不了你。

而我的愛，是我自己的

一個男人的告白：「你可以住嘴了，談戀愛的人，是我跟他。」

沒有人的愛是一模一樣的，你經歷過，所以很清楚。

也就跟人一樣，只有很像的人，但卻找不到一模一樣的兩個人，然而愛情，成敗就是在一些小細節上頭。就因爲這些人與人之間細微的不同，所以你跟A產生了電流，而跟B卻永遠都只能當朋友。在談了幾場戀愛之後，你才發現了原來所謂的身高、體重、星座，或是幽默感，其實都只是你想望的戀愛對象的原型罷了，但眞的要在一起，靠的都不是這些。也所以，你交往過的對象，都讓你的朋友感到驚訝。

細微末節，才是決定一段感情成敗的關鍵。

後來的你不太常跟朋友聊你的愛情困擾，聊你的他有什麼樣的壞習慣，更鮮少去談「對他，我該怎麼做才好？」。並不是覺得自己很厲害，相反地，你知道自己資質一點都不好，情緒常常會被他所左右，一下哭、一下笑的，然後再覺得自己很笨。

當然，你也不是孤僻。之所以會練就成今天這樣，其實是因爲經驗使然。因爲在跌跌撞撞了許多次之後，你終於才明白了即使感情的道理相通，但愛情並沒有標準範本。

別人的建議都很好，但卻往往只有在他們的愛情裡起得了作用，而不是自己的。做成模組硬套到自己的愛裡，不是適應不良，就是哀聲連連。他因爲他的他不是你的那個他，而你也不是他。所以，模仿他們的戀愛模式，怎麼都讓你像來到異地一樣，不僅是有時差，還外加水土不服。你當過幾次愛情工廠的打版女工，現在想開始試著學習當領班。

而你也發現，有時候自己之所以要問，其實並不是在找解答，而是在找藉口。他可能是這樣想、你可能要怎樣做……別人說了一百個建議，你只從其中挑了一個來用。而這一個說詞，就是你的愛情浮木，讓你不至於被淹沒。最後你才驚訝地發現，原來其實自己只是在找一個說法，不管是什麼，哪怕是多麼不可思議的言論，你都想藉此來說服自己。甚至在更多時候，自己要的不是解答，而是想消除自己的煩躁。

但到頭來，關於你的戀愛難題，縱使別人說的再多，如果過不了自己這關，結就是打不開。

然而，最終的理由卻是，你不想要有機會因爲自己的愛情而去責怪愛自己的朋友。他們的建議都是出自善意，你當然明瞭，也感激在心，但好心並不能保證你的愛可以完整。萬一最後，你的愛情就是註定要以悲劇收場的話，最終要受苦的也只會是自己，而別人的言語，解救不了你的心碎。所以，你想用自己的方式去努力，就算心碎，也可以對自己負責。

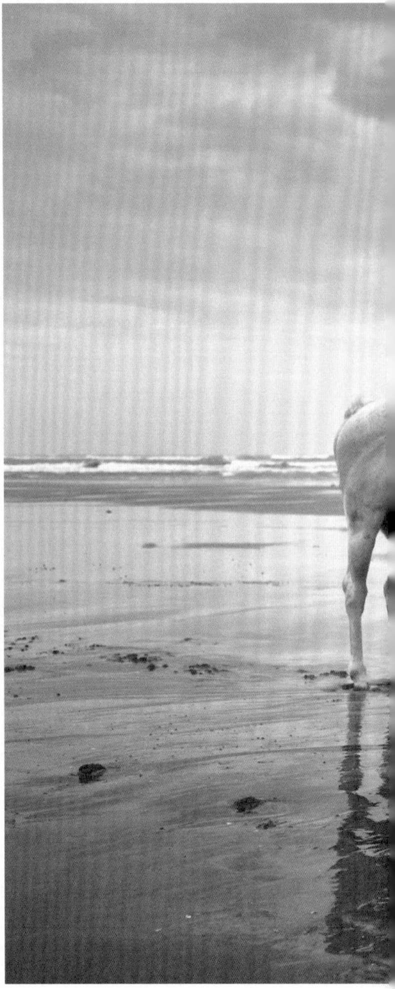

當然、當然，你也知道那些關於愛情的疑惑，並不會因爲不問就消失，但是，你更發現不會因爲自己問了，問題就能解決。愛情天氣始終詭譎如一，而你能不變的只有自己的心。雖然你還是會在愛情裡徬徨，巨大的不安常會侵蝕著你，只是，你不再試著從外面尋找答案，因爲關於你跟他，只有你自己清楚。

戀愛裡面每個人都是新手，你太知道這件事了。而你的愛，是你自己的。你想自己作主。

幸福的方法

一個男人的告白：「幸福是什麼？嗯……就是他能給我所有我想要的。」

幸福只有一個可能，但方法卻有很多種。這是你的信仰。

你忘了從什麼時候開始，自己竟然會這樣想。以前的你總是瞧不起那些在男人面前假惺惺的女人，什麼溫柔、什麼軟弱，你都嗤之以鼻。但跌跌撞撞了幾次之後，才發現愛情是一個食物鏈，道理一樣都是物競天擇，只有到最後能留下來的人才是贏家。就像是變色龍變換身體的顏色，那是一種自保，也就像耍心機之於男人，其實是在愛情裡面的保護色。不僅僅是保護了自己，更可以讓你們的愛持續運作。

因爲，男人雖然比較務實，但有些時候卻比女人還要天真。例如，男人總討厭耍心機的女人，但卻喜歡溫柔可人的女生。他們天真地以爲女人的溫柔、體貼，都是與生俱來的天分，卻不知道這一點一滴都是算計。衡量著與他的距離、與幸福的距離。男人不知道的其實是，女人不是天生就愛耍心機，而是不得不。簡單、自然的愛多麼讓人憧憬，但是幸福卻往往要跟現實拔河。你的愛情當然很珍貴，但卻可能一瞬間就不值錢。

耍心機並不可怕，可怕的是粗劣的手段。這也是你很久之後才知道的事情。

而所謂的「心機」，如果沒有被發現，其實就不存在。也只有不被發現時才能稱作「心機」，要是沒有拿捏好，一不小心就會變成人們口中的「邪惡」，也會讓男人避之唯恐不及。

這是一種關於愛的體悟，愛情是美好的，但卻也很實際。

然後，你也認同愛情很現實，就如同他的心，愛與不愛的距離其實並沒有想像中那麼遙遠，好朋友與情人常常也只是相隔一條線而已，離得很近，但結果卻是天差地別。你經歷過、爭取過，跟著也受傷過，所以你很了解。這是愛情的殘忍，你也願意接受。你已經過了去跟愛情，或是跟另一個人說道理的年紀，因爲，愛情要是可以理智，就不叫愛了。

「這樣的愛情，不累嗎？」你當然聽過這樣的疑惑，但想到的卻是以前的自己，然後覺得好笑。你想反問的是：「有人說過愛情很簡單嗎？」

如果愛情眞的這麼容易，悲傷的情歌就不會大受歡迎，就因爲你太懂了，所以現在才那麼拚命。當然，愛情也不是非要耍心機才行，只是愛情常常讓人非要如此不可。因此，在問累不累之前，你比較想問愛情難不難。

但也只有你知道，你並不是鼓勵要在愛裡耍心機，而是要想清楚。

因爲再後來你才發現，原來耍不耍心機其實都無關他人，而是自己。到頭來，你的心機關係的其實是自己想要怎樣的另一半？而自己又想成爲怎樣的人？愛情不一定要怎樣不可，也沒有人可以保證如何就一定能夠成就愛情，但你卻可以選擇要愛怎樣的人、又要怎麼樣去愛一個人。愛情是一面鏡子，讓你在它面前可以看見自己。或許愛情的確需要用點小手段，但也並不是要讓自己變得面目可憎。

愛情終究是一種學習，讓我們成爲更好的人，更值得被愛的人，而不是得到愛情卻失了自己。因此，在決定要不要耍心機之前，你得學會先問自己，要的是怎樣的愛情。

愛的想法跟你一樣的人，最好

一個男人的告白：「單純是好事，會讓人覺得可愛。但蠢不是，它會讓人感覺不耐。」

愛情從來都沒有好壞之分，只有人才有對與錯的差別。最後你懂了。

你曾經責備過愛情。自己那麼努力、那麼小心翼翼，怎麼最後還是輸了？你不知道自己哪裡做錯，但愛情就是沒有相同的回報，因此你覺得是愛情沒有善待你，跟著也埋怨起命運沒有讓你遇到好的人，所以才會跌跌撞撞至今仍不得安穩。但其實你心裡清楚，這不過是一種欺騙，因爲愛情從來都是好的，壞的都是愛裡的人。

只是，怪罪愛情比去責備一個誰要容易得多。因爲只要可以責怪命運，就能持續對人依賴，夢就可以不要醒。就因爲你知道愛裡面需要兩個人，而兩個不同的人要培養出同一種愛，有多麼困難，所以才逃避。但當時的你也忘了，不清醒，夢就永遠無法成眞。

愛情很需要努力，也需要一點退讓，你退一點、他讓一些，然後才可以一起再往前。你當然明白這些道理。但困難的卻是，要退多少才夠？要讓多少才剛好？從來都沒有人教過你這些。就像是原本你覺得愛可以很單純，但卻不知怎麼地總是複雜了起來。

你也覺得愛情變得比以前難，通訊越發達、網路越活絡，但卻沒有把人拉得更近，反而是越看不清楚。想談一場簡單的愛，往往不簡單。你無法分辨是環境讓人轉變，還是人本來就會變，跟著你才有所體悟，原來不管什麼事，只要加上了時間，就會變。愛情也是。然而，在所有的變與不變當中，你繞了一圈後，唯一可以確定的是，自己要的愛從來都沒變。

單純的愛或許不簡單，但要勉強去談自己不認同的愛，卻更難。經歷過，你才明白了這些。

到頭來，你終於明瞭，愛情沒有對錯，只有自己接不接受。你無法要求別人配合你，但也沒有誰可以要求你非遷就他不可，愛是一種自願，而不是指定作業。可是這並不是表示愛情不需要努力，只是、只是，沒有一種愛，需要叫人讓步到連自己都否定掉。這樣的愛，不能算是愛。

愛情不是一種潮流，裡頭不包含過季打折，你的愛永遠都珍貴，不應該被拋售。

就像你還是喜歡單純，還是覺得白開水比汽水有滋味，還是喜歡筆桿抵在指腹的溫度……他們都讓你覺得好，而你覺得好，愛情也才有可能會好。也就像是你想像中的他一樣，不一定要最好，但卻一定要跟你有同樣的價值觀。別人覺得傻的事情，只要有一個他也這樣想，就成了幸福。你清楚知道，你的愛情不需要合乎時宜，但卻要眞心無缺。

你相信愛情會進化，就跟人類的演化一樣，適者生存，人會修正調整，變得更好。只是所謂的進化，並不表示自己需要迎合別人的標準才行，而是隨著時間的推移，自己更加懂得自己的價值。就因爲你很努力去勉強過，所以很清楚。你的愛不一定要跟別人的一樣，你也可以不管對錯，但卻需要自己認同才行。最後你終於發現，其實粉色系的愛一直都還在，只是以前出現的人身上沒有罷了。

以前的你戀愛，覺得最愛你的人最好，但現在的你要的愛情則是——愛的想法跟你一樣的人，最好。

在愛情裡，不公平才是公平

一個男人的告白：「戀愛不是數學，忘了加減乘除，去享受愛，才會快樂。」

你的不快樂源自於他的不公平。

曾經你以爲愛情最難的是，在一起。因爲有那麼多的難題需要克服，兩個人如此不同，阻礙永遠比運氣多得多。而且，還要有一連串的機緣，讓兩個人同時相信冥冥之中有所安排，才能有辦法相愛，這些，需要上天的眷顧才行。否則，一瞬間緣分就已經變成錯過。你去看了《眞愛挑日子》，覺得很悲傷，但更害怕自己是劇中那個女主角。

但在大多時候，你卻覺得就連遇見一個人都很困難，你逢年過節都去求月老，皮包裡的紅線已經接成一條馬路，但就是不見上面出現一個身影。

但開始戀愛後，你才發現愛情最難的是從一個人變成了兩個人。你開始不我行我素，買東西也習慣買兩份，安排度假計畫也會考慮到他，這樣好不好、那樣對不對？你很快便適應了兩人世界，彷彿你是天生的愛情好手一般。因爲戀愛是兩個人的事，所以你也同樣要求他，你這邊多付出一分、他那邊就要多給一點，這樣才公平。你時時刻刻都提醒自己，現在是兩個人。你向來就善於打理，就連愛情也是一絲不苟。

你天生就是一個有正義感的人，所以也同樣迷信公平。因此你覺得感情需要互相，兩個人要在同一個天平上保持平衡，關係才不會動搖。你那麼仔細小心、適時提醒，就怕有了差錯。你並不是一個嚴格的人，對於朋友、同事都能給予同情心，但不知怎麼了，卻總把責備給了另一半。

就像是面對父母，自己的愛都會變得尖銳。

你把愛情變成了菜市場，在裡面討價還價，心意則變成了一種交易。但自己並未察覺。

最後，你變得愛計較。你開始挑剔愛情裡的一些小細節，放大檢視每個舉動，你越是追、他越是躲。他的好在你眼裡統統都不見了。其實你還是覺得他很好，但卻讓他覺得自己老是不夠好。這時候你才了解，在愛情裡面，自己原來才是那個不滿足的人。

愛裡的每一個小毛病，都變成了大問題。你是一個追求公平的人，但卻忘了愛情裡面更需要的是包容。你覺得自己變得不可愛了。

走了好長一段路你才終於明白，原來在愛情裡，不公平才是公平。

他離開了之後，你花了許多時間才弄懂這件事。以前的你覺得男人總是粗心、男人總是不夠體貼；現在的你則以爲，男人不會計較、男人不會鑽牛角尖，任何事都有一體兩面。也就像你對他的愛一樣，你相信他是用自己的方式在愛你。或許不完美，但卻眞心誠意。

現在的你不再要求公平，你看著一個人的好，在希望他給予之前，先要求自己付出，不問回報。然後，覺得他愛你比什麼都重要。

情人節？人情節？

一個男人的告白：「過節最糟糕的事情不在於買禮物或訂餐廳。而是買了禮物他不開心，餐廳他不滿意。」

一直到今天你才驚覺，「情人」跟「人情」兩個字，原來很像。

很早之前你就聽過這樣一句話：「情侶在一起久了，就會變得像家人，而不再是愛情。」當時的你雖然無法否定這句話，但卻難以接受，因爲如果說結婚是每對情侶最後的想望時，那麼，最終的結果不就是一定會變成家人嗎？這本來就是必然，不是嗎？對你來說，這句話裡沒有疑惑，而是現實。只是那時的你還不懂，爲什麼自己會對這句話感到如此忿忿不平，後來的你在愛裡打轉過幾回之後，才終於有了新的理解。

家人，並不是一個用來脫罪的藉口，讓自己可以對愛情漫不經心，更不是一種拿來替自己對愛情不負責開脫的理由。愛情是樓梯，一階一階往上，而每個踏出的步伐都是一種學習，一種新的階段與意義。一個人可以不愛另一個人，但家人，不該是終結愛情的原因。因爲，我們不會離棄自己的家人，可在愛情裡，卻成了背棄的原由。

原來、原來，你自始至終在意的都是——當激情退去後，還剩下什麼？

而愛情之所以珍貴，端看的也就是當熟悉感取代了新鮮感之後，是如何應對；但當刺激轉變成一種習慣之後，要如何一起往下走。人無法跟時間賽跑，再怎麼努力，它永遠會跑在你的前頭，你只能跟人比賽。終究，你只能努力讓自己變得更好，而不是希望愛情可以更好。愛情之所以美好，並不是因爲愛情本身，而是因爲在裡面的兩個人的努力。就像是情人節，其實你並不一定要過情人節，例如百忙之中抽空的問候，加班後的巷口滷味，或是雨天裡的一把傘，對你來說，這些都彌足珍貴。

情人節的意義，終究是一種心意象徵，不在於你做了什麼，或是沒做了什麼，商人用金錢估算這個節日的價值，但你在乎的是他的心意。你在意的是，他的心還在不在你身上。

雖然「情人」與「人情」兩個字筆畫一樣，只不過是順序顛倒過來而已，但意思卻也整個跟著相反過來。也就像是愛情一樣，「不愛」其實也不過是「愛」的相反詞罷了，但代表的意義卻完全不同。

當情人變成了一種人情對待，「情人節」變成了「人情節」時，你決定解開這個結。

或許情人有天終會變成親人，每對情侶最後都逃不過這一點，也無人能夠幸免。但是，那示意的是一種感情的昇華，是一種往更親密熟悉的方向去的指引，你們在彼此心裡面占了更重要的位置，而不是一種被默許的敷衍對待，對此，你很明白。聖·修伯里曾說：「愛，是兩個人望著相同的方向。」而你的那個他，也要是一個能夠認同這一點的人。

最終，你的依歸是——你的愛，很珍貴，不能夠被隨意對待，它值得給能夠珍惜它的人。就如同你如此認眞去看待愛情，一樣。

而，不把你的愛當愛的人，你也不想去給予，你的愛。

我很好，希望你也是

一個男人的告白：「分手後再見的第一句話？稱讚她變美，要是真找不出優點，就說新髮型很好看就對了。」

你發現，自己可以祝福他了。因爲只有自己過得好的人，才有能力去祝福另一個人。

「我很好，希望你也是。」你們再見面的第一句話。你把自己擺到前面，因爲他早已不是你的優先，更因爲你覺得自己早已比他重要，不再像從前。然後，你再給他祝福，不是疑問句，而是千百個肯定。你希望他可以好，就跟現在的你一樣，過去那些不管好的或壞的，你都努力讓它變成了一種意義，所以也希望他身上同樣帶著你的祝福。

也就像是「再見面」，也是好事。你們幾乎可以像是老朋友，所以，能再見面是好的，可以看看他，跟他說些不著邊際的話，確認他是否過得好，就很好。畢竟相愛一場，你心裡多少還是會掛念著他，可那再不是一種愛情，只因爲他是你某部分的自己，如此而已。你也不想要更多，也不需要刻意保持聯絡，對你而言，他是個存在，就足夠了，靠得太近不一定好。

你們是那種想過把手機裡對方的電話刪掉，卻又會捨不得，但留著也不會打給彼此的那種朋友。擁有彼此的電話號碼，是你們最後的關聯，這樣就很好了。

時間不只教會你祝福，還教會你對自己好的方式。

你已經不太記得你們當初爲什麼會分手了。當初爭執得不可開交的理由，你竟然一點都想不起來，你覺得有點好笑，那時候明明覺得那麼重要，所以才會不肯讓步、才會說什麼都不要妥協，但現在卻不復記憶。那麼，當時在意的到底是什麼？時間或許會竄改記憶，但常常是在不知不覺中偷走自己的回憶，而人就是在這樣的推移中長大的。

你才明白，所有的不歡而散，只要時間拉得夠長，或是你們還有緣分，最後都會變成另一種圓滿。只是這個圓滿，不在彼此身上，而是在另一個人。跟著你也才驚覺，那些曾經，不只是變成了已經，現在都變成了你心裡的明經，指引著你。你曾經聽過，每個人跟另一個人相遇，都是爲了跟他學習一件事情，你不確定這句話是否正確，但你卻很確定自己之所以變成現在的自己，很大一部分都是他所給予的。原來，是他讓你變成了更好的人。

那些過不去的，不僅都已過去，還過成了你的將來。

其實在還沒有見到他以前，你曾在腦海裡想過千百遍情境、反覆練習過台詞，你以爲自己會不知所措。在他面前，自己永遠都是孩子。而你也不確定見到他，自己可以很好，你的堅強可能會瞬間瓦解，可能他的一舉一動還是會牽引著你。你的僞裝，從來都逃不過他的法眼。因此，你很感激這次的偶遇，你終於可以確認自己是眞的很好，已經在他的愛裡長大成人。

分手後的再見面，從來都不會是一場敘舊，而是一項試煉，考驗著自己對愛、對他的能耐。

最後，你要自己去祝福他，當作是愛的畢業典禮上的一種見證。你終於可以安心，終於可以從今以後只爲自己。而你更知道，去祝福他，其實更是祝福自己。因爲這表示自己已經把過去留在時間裡，示意著自己已經有能力再繼續往前了。

祝福，是相愛過後的畢業證書。你很高興自己終於完成這個儀式。

結婚不是一種條件交換

一個男人的告白：「婚是一定要結，但三十歲結婚是結，四十歲結也是。離了也可以再結。」

結婚，當然不只是一張證書而已，男人有多想逃避，就等同於它有多麼重要。

你聽過太多的男人用這樣的理由來迴避結婚這件事，這是一種搪塞，你當然懂這些話裡隱藏的含義，不負責任、貪玩、不成熟……只是你不想去追究而已。你不想追究，並不是因爲覺得自己比較高桿，而是更知道，其實每個人都只願意去接受自己想要接受的事情而已，就如同人無法被改變，只能改變自己。你試過太多次想去改變一個人，但最後得到的往往都是自己的妥協。再者，爲什麼要說服一個人來跟自己結婚？你很認眞看待結婚這件事，如此愼重的事，如果還要靠說服來達成就會顯得可笑。

你曾看過一個女星在訪問裡這樣說：「選老公，就是要選疼你的。男人再有錢，不疼你都沒用。」於是你恍然大悟，結婚不是一種條件交換，而僅僅是一種心意的確認。車子、房子，都不如一顆心重要，人心一旦走了就很難再要回來。因此，你更加不明白爲什麼要去說服男人結婚，因爲結婚是兩個人一起往前的方式，要比現在更好、更幸福，這才是結婚的意義。你非常清楚，雖然婚姻是一紙證書，但它卻無法保證什麼。但幸福卻是要他願意、你點頭，才得以成立。

終究，結婚，是一種自由意志，就跟戀愛一樣。他可以不想娶你，但他忘了，其實你也不是非嫁他不可。

就像是男人從來也都沒有意識到，女人更有理由比他害怕結婚。如果說，戀愛是從「我」變成了「我們」，那麼婚姻則是從「我家」變成「婆家」，原本一加一的算式一瞬間就從加法變成了乘法。結婚、結婚，結的不是兩個人，而是兩個家庭。你不但把自己嫁了過去，跟著也可能要把自己的媽媽擺到他的母親之後，婆比娘重要。男人不知道，你對婚姻的恐懼並不亞於他。

再者你也無法確定結婚後是否會很好，或是會變得更好，但可以確定的是，你覺得現在很好，你不想去改變現在的關係。以前的你，只要你的他認同即可，但現在卻要是一家人的認同。你這才明白了，其實你並不是恐懼「結婚」這件事，而是害怕結婚這件事所帶來的附屬品。而這些附屬品，會改變了你擁有的現在。

你終於發現，擋在結婚面前的並不是未來，而是現在。你也害怕失去現有的美好。

只是，在某些時候，你還是願意去冒險，你想去努力看看讓兩個人可以再走到什麼地方。但你也不想把結婚當作是一種義務責任來規範，戀愛、交往，然後結婚，你依循的從來都是自己的心。沒有人規定兩個人在一起應該怎樣才是，幸福是一種權利，每個人都應該擁有，而這與結婚並沒有絕對的關係。你要的其實不是婚姻，而是更幸福。

最終，在結婚所有這麼多的不確定裡，你只知道一件事，就是其實你並不需要去告訴他結婚的好，就如同你也不用去說服自己一樣，你需要的，只是自己感受到結婚的好，而他也剛好，僅僅是這樣。結婚不是申論題，不需要誰來說服誰，但卻是你的幸福，因此才更需要心甘情願。

而不管結不結婚，到最後，所有的關鍵都是你快不快樂，如此而已。

愛情很難有借有還，但至少要不拖不欠，

給不了的眞心，也不要換回傷心。

Chapter 3

等待，並不是一種愛情的方式

奢侈了傷心

一個男人的告白：「被拋棄當然很丟臉，但更丟臉的是，為了一個沒愛過自己的人哭泣。」

奢侈，意指「不知節制、揮霍浪費」而在不當的時候使用，也是一種浪費，就像是傷心。

所有的戀愛都一樣，不管結果是否能如願、過程多麼轉折，但總能從中得到一點收穫，一些關於兩個人相處的細微觸動、一些關於單獨一人時所無法產生的感動與理解；像是：你們一起散步、吃飯、牽手、親吻及相擁入眠，再爲了一些無關緊要的事爭吵，然後再和好，日子從濃烈走到平常，最後再試圖去克服這些平常……而這些都是建構出一段關係的眞正要件，缺一不可。少了這些屬於戀人們最日常的流動，這些無關緊要的小事，愛情就無法眞實。

也就因爲如此，所以在他離開時你才能傷心，也才有傷心的資格。因爲你並不是在爲他流淚，你難過的是你們兩個的曾經已經遠離、你難過的是那些共有的美好已不復存在，落下的眼淚是一種悼念，若少了這些，你的傷心就僅僅只是一種無病呻吟，一種難爲人道的苦。因爲，在訴苦的同時，你會驚覺自己的好笑，付出了愛，卻變成是玩笑。而這，讓苦澀溢出了辛酸，攛進了你的心底。

於是你才懂了，單戀，苦是自己的，樂也是自己的，你曾以爲這是一種獨有，甚至把它當成是一種甜美來過，但後來才發現，單戀的喜悲都是假。

因爲愛情無法一個人就成立，所以建構在虛無上頭的情緒，終究只是一場幻影，不用等到人去樓空，也不用人事全非，一開始就是斷垣殘壁，連愛的痕跡都沒有。很年輕的時候你不懂，誤認爲這是一種屬於愛的付出，但很後來才明白這其實只是一種對愛的誤解，你的全心全意從來都只是徒勞無功，而你還把它拿來炫耀，覺得自己很能吃苦。吃苦從來都不是愛裡的必需，但就因爲沒有甜可以嘗，所以你才把吃苦當成吃補，無非是一種自欺欺人。

單戀最可怕的，不是你的付出沒有回應，而是，它讓你有了愛的錯覺，但卻從來都稱不上是愛。經歷過那樣的情境之後，你終於可以這樣去想了。

當然，愛情並無高下之分，只要是眞心誠意都是珍貴，沒有貴賤；也不能要求回報，否則就不是眞愛，而是交換。然而，這並不表示該去忽略自己的感受，你以爲對自己不聞不問，不去管自己的傷心，就是一種愛，但愛情從來都不該是一種遷就。你也把他看得比自己還重要，把他的人生過成是自己的，爲此甘之如飴，然而自始至終，愛情都是建立在兩個人上頭，不是誰要去過另一個誰的人生。因爲，愛情裡頭包含著互動，你一言我一語，而不是在漫漫長夜裡只有自己的獨白。然後，有日若他告別了，得到的傷心更是一場對自己的浪費。

終於你才體悟到，原來被拋棄有兩種，一種是自己曾被深愛過，但無疾而終；另一種則是你從來都不在對方心裡，但卻自己以他爲中心。結果都是傷心，但前者是經歷，後者則是一種奢侈。

愛情，應該包含了感動，而不僅僅只是感受。前者是戀愛，後者只是單戀。去爲一段眞實的關係傷神，而不是奢侈了你的傷心。

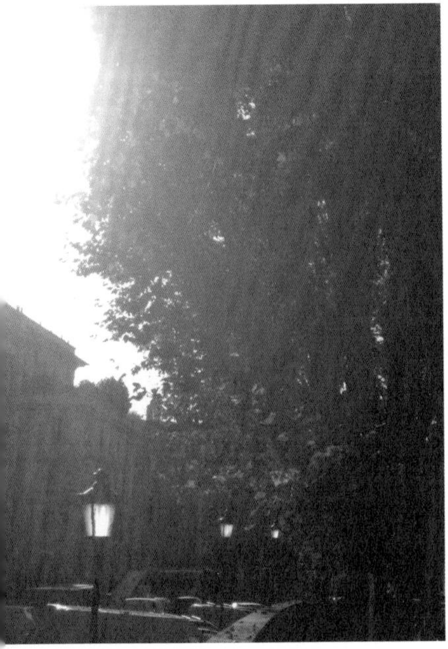

等待，並不是一種愛情的方式

一個男人的告白：「男人不相信一見鍾情。但是，男人在第一眼就會知道要不要跟眼前的人在一起。」

等待，是一種愛情。

以前的你曾經這樣認爲過，覺得只要專心一意，少說點苦、多說點甜，就會收穫愛情。因此你花了很長時間去等待一個人，他上一段感情的陰影還在、他很愛她，所以需要一點時間整理自己，你覺得自己是個成熟的大人，於是照單全收，卻忘了自己的心也在喊疼。當時的你什麼都不怕，你只害怕他嘴裡吐出「不」而已。

他需要時間，你給得起。你只擔心對不起愛情。

你們一起吃飯、散步，他只要一通電話，你再忙也會挪出時間。你們會在深夜聊很久的天，聊他的生活、他的同事，然後知道他的主管很怕事、總機小姐暗戀他。你覺得全世界靜得只剩下彼此的心跳聲。接著，你開始知道他的興趣、常去的餐廳與愛看的電影類型，他吃蒜不吃蔥，你會體貼地替他把味噌湯裡的碎蔥挑出來。

他也跟你聊他的那個她，已經過去的那個她，說他們的故事，說她是如何傷了他的心，在你面前他不需要偽裝。你們幾乎什麼都能聊，時間不是問題，就連電話費也甘之如飴。你覺得愛情正在萌芽。愛情就在咫尺，你從沒想過跨越不了那一步。

你相信，等待可以孕育果實，就像農夫在春天播種，秋天收成一樣。但你卻沒想到，他的愛情沒有四季，時間不是必要。

接著那天他帶著女伴出席聚會，你事先沒聽他說，那時候你才知道，原來自己並非自己認爲的那般了解他。你以爲你們之間的祕密很少，但他卻瞞了最大的那一個。那時候的你好愛他，相信只要有愛，就能夠克服一切，等待與耐心是愛情裡的美德。只是你也沒想到，他對你並沒有愛。

於是你才明白，原來自己只是他過渡時期的陪伴，他跟你一直聊她，你以爲那是一種親密，但原來只是放心。你只是他的好朋友，他的愛情從來都沒有你的份。

在愛情裡，有心是專利。放心，則是給朋友的。

你的世界瞬間崩塌，你拉上窗簾、不開燈，一天只吃一餐也不覺得餓，你的身體沒有了感覺，只剩下心還痛著。你還是早起上班，裝作若無其事，但周遭的朋友都知道你一定出了什麼事，只是無從問起，你也拒絕回答。你在懲罰自己。你覺得自己遇到感情騙子，那些聊天、說笑、掏心掏肺都是假的，但這時你也才驚覺，原來他從來就沒給過你什麼承諾，自始至終都是自己在演獨腳戲。有好長一段時間，你適應了黑暗，但從此眼睛卻什麼都看不見。

你把淚水當藥方，用一個又一個失眠的夜來癒合傷口。終於你才清楚了解，那時候的你並不是執著，天真的成分還比較多一點。時間雖然不能幫你滋養愛情，但卻治好了你的偏執。就像感冒一樣，只要吃得好、睡得好、注意保暖，就能夠痊癒。然後有一天你會醒來，發現昨夜的高燒退了，外頭的陽光再也不是刺眼而是閃耀。

愛情的確需要等待，需要去等待適合的人出現，而不是去等待一個人愛你。

想念，卻不想見的人

一個男人的告白：「男人很務實，不會做沒有收益的事情，因此不會想見前女友，他比較有興趣的是新獵物。如果還想見，應該是還想獲得些什麼。」

在某些時候、某些片段，例如一個街角陽光灑下來的角度、誰不經意的一個小動作，或是無意的一句話語，你，想起了他。你的前任戀人。

其實你不是很常想起他，你們分開好一段時間了，時間不長不短，這段期間你也認識了誰，試著跟誰再建立起一段關係、談一場戀愛，但最後卻都不了了之。於是總是在一場敗興而歸的約會，或是一場索然無味的談話之後，他就會跳出你的腦海。那時候你才發現到，原來在他之後每每認識了一個新的對象，都是對他的一種召喚。

因爲，只有他聽得懂你的話，只有他明白爲什麼你會對著植物說話、知道當你看湊佳苗的書時爲什麼會哭，也只有他，從來不問你爲什麼總睡左邊，只是幫你把枕頭擺好，提醒你小心別落枕。大多數的關係只要經過時間、一起經歷得夠久，就自然可以建立起一種認知與理解，但唯有默契，是一開始自己就會察覺。所以只要有他在，你都再也不覺得孤單。因此，你想念他。

但這並不是一種比較，或是一種舊與新的競賽，你很清楚人是沒有輸贏的，拿舊人比新人，更是一種自討苦

吃。只是，你也知道，這是一種對照，之後的每個人，都益發讓你想念起他的好。

然而，即使如此，你卻不想見他。不，你當然想看看他現在好不好，你不想要的其實只是——跟他面對面。你不想跟他講話，你不想被他問起自己好不好，因爲不管自己好不好，只要見了他，自己的武裝就會全部繳械。在他面前，你平時的僞裝都會功虧一簣。他還是那個最懂你的人。

當然你也想過復合的可能性，但也只是想，雖然當初你們分開的原因已經模糊，但直到現在或許仍然無法克服。因爲在有些時候，時間只能幫你釐清問題，而無法解決難題。

也或者是，其實你想保留的，是與他的那份愛的美好記憶。你害怕一旦見了他，自己極力留下的相愛氣味，都要一併歸還。你猜這是時間的好處，它幫你篩選過濾，只留下時光裡最好的部分，你還想記得戀愛的味道，相愛的感受。因此，只要能遠遠地、不被他所察覺，看看他，就很好。遠遠地，就像你們現在的關係一樣，就很好。

終於你也才懂了，自己之所以會想念他，其實並不是因爲他的那些好，而是因爲，之後再也沒有一個人可以讓你覺得好。你懷念的，自始至終都是，愛。

然而，卻也是他讓你可以這麼想，是他的存在告訴了你這世界上還有這樣的愛存在，並且懷抱著信念。他讓你知道生命中一定會有個人再出現，像他一樣讓自己覺得很好，像他一樣可以讓自己奮不顧身。是他讓你可以繼續擁有愛的想望，並且去追尋。

因爲、因爲，世界上沒有人應該註定孤單，一個人如果一輩子只能愛上一個人，這樣就太哀傷了。所以，一定會有另一個人再出現，然後與自己相愛。你這麼想，是他，讓你能這麼想。

愛情裡面，沒有誰對不起誰，只有誰不愛了誰

一個男人的告白：「不愛了為什麼不提分手？因為我在等一個好時機。什麼樣才算是好時機？就是，他先提的那個時候。」

女人的殘忍是，分手得乾乾淨淨；而男人最大的殘忍是，他們不說分手。

你用了無數個淚眼矇矓的清晨、幾次的碎痕，才印證了這句話。你曾經以爲，愛情最殘忍的事情是背叛，在你心裡還有他的時候，他已經愛上別人，但卻還要你的成全。他要你用你的心碎，來換他的幸福，你從來都沒想到，他所要的幸福是你的讓渡，而不是你的呵護。你不知道該怎麼成全？要如何成全？

但也唯有經歷過你才眞的懂，原來在愛情裡最殘忍的不是分手，而是「不分手」。

他說，他還愛你，還說，他不想傷害你，愛與不愛常常無法切割得那麼清楚，你明白這道理。但是，擁有與失去，卻常常跑在愛情之前，跟著一眨眼，就來到你眼前。你這才懂了愛情的殘酷，愛情是銅板，愛與不愛是兩面，翻個身，疼愛就變成傷害。他的一句捨不得成了絆住你的理由，卻讓你在裡頭永無翻身之日。

你更早該知道的，面對愛情，女人總是會比男人勇敢，女人總是比男人更奮不顧身、更願意付出所有。女人就是比男人專心，但常常就是忘了男人容易分心。只是因爲一度的太美好，讓你得了意、忘了形，一不小心就粉身碎骨。等到你再記憶起這件事的時候，伴隨的已經往往就是傷口。就連結束的時候也是，女人也總比男人勇敢。

男人老是不想在愛裡面當壞人，即使心不在你身上，但也總是能撐著。也到後來你才有了新的理解，原來、原來，對男人來說，時間不是削弱他們魅力的利刃，反而可能像是增添風味的添加劑，他沒有損失。他拖住了愛情，卻消耗了你。但對於你來說卻不同，你的時間比他的還要寶貴，他如果需要，你絕對給得起，但就是浪費不起。

你以爲是愛情自私，但原來不愛了，才讓人更加爲所欲爲。

可是，男人天生就比女人貪玩，因此你還想相信他的良善，他沒有那麼壞，他不是存心傷害，你深愛過的人，不會忍心這樣對你。眞的愛過，不會捨得傷害。你還想相信他的好，就如同你想給愛情一個善良的交代一樣。愛情是好的，他也是好的，這些都是好的，只是你唯一沒想到的是，他的愛已經是過去式，你們的未來早就不會來。而那些愛的對待，也早已跟著他的不愛留在過去。

原來、原來，愛情裡沒有壞人，只有「不愛了」。

於是你才有新的體悟，其實在愛情裡面，並沒有誰對不起誰，也沒有人眞的虧欠了誰，只有誰不愛誰。而你，在愛情裡面的所有不確定當中，少數可以確定的只是，不能使自己被浪費。自己，絕對不可以對不起自己。

愛情裡面也沒有壞人，但你再也不需要勉強自己去當個好人。這一刻，你在愛裡長大成人。終於可以把已不再的，變成是一種獲得，一種關於愛的進化。

我失去的不是「你」，而是「擁有你」

一個男人的告白：「人本來就是孤獨的，不管靠得如何近，最後還是一個人，不是嗎？我以為國小課本有教這件事。」

原來，與一個人關係的斷裂所示意的不是「失去」，而是「不再擁有」。

你第一次深刻感受到這件事，是當你去巷口麵攤買麵時，老闆娘的那句：「一樣兩份？」你連忙搖了搖頭，跟著就把心裡的脆弱給搖了出來。那時候你才確確實實地覺得，原來，你是一個人了。有那麼久的時間，你都是兩個人，早也已經習慣什麼都買兩人份，毛巾兩條、拖鞋兩雙、飲料兩瓶、交通費要乘以二……就連牙膏的消耗速度也要乘以二。

然後，他離開了，你努力讓自己變回一個人，變回認識他之前的狀態，你那麼努力，但沒想到只消他人簡單的一句話，就讓你的僞裝全部瓦解。

因爲，沒有人可以眞的回到從前，一旦愛過了，就不一樣了。就像是膝蓋上的疤痕，只要跌過一次跤，身上就會永遠記憶住。你愛過，所以知道。

他還在你的心裡，從來就沒有離開過。麵攤阿姨會提醒你他的存在、你們一起種的盆栽也會、棉被上他的氣味不管洗了幾次只要一蓋上都還是他的味道，而你每天經過你們一起等車的站牌，都會看見他。甚至，就連你的身體都會。每天清晨一醒來，雙眼還沒來得及張開，你已經先自然地往右手邊挨過去，那是他睡的位置。他每天都出現在你的周圍，周遭的每件小事都讓你記起他，原來，你並沒有失去他，相反地，你想起他的頻率遠比以前更多。跟著你也才明白，其實自己並不是失去他，而是不再擁有他。

失去，指的是丟掉了原本屬於自己的東西；而擁有，只是跟別人借來的。

也就像是，你不再擁有駕駛座旁的位置、你不再擁有加班要他來接你的特權、你不再擁有當你出差時他去幫你餵貓的權利、你也不再擁有他的情人節與聖誕節……最後你不再擁有的，是「女朋友」這個頭銜。原來這些，都是跟他借來的。當初你從他那邊得到的什麼，現在都要全部還回去，利息是傷心。

可因爲他早已是你的一部分，所以你才一直以爲自己擁有他，因爲愛，讓你一不小心就大意，完全沒考慮到自己只是陪他一段的可能。他不是你的手、不是你的心，並不屬於你，但卻像是你的太陽，你睜開眼就會看見他，可其實從不曾擁有過他。

關於他的離去，你很傷心，但你最常想起的並不是他，而是你們。你才驚覺，在那麼多的不再擁有裡，最最讓你傷心的其實是，你不再擁有的並不是你們過去的那些回憶，而是那些可以預期的美好。例如，你們每個週末會去散步的公園、每週三固定去吃一碗愛玉，還有你們常去的咖啡店裡固定坐的位置，你再也不能跟他一起了……原來你不再擁有的不是過去，而是未來，而是這些日常生活裡再平凡不過的小事。對此，你感到最爲難受。

人的幸福，就是由這些微小美好所組合而成。於是之後，每次經過你們常去的小店，你都會感到悲傷。

你當然聽過「如果從來不曾擁有過，又哪來的失去呢？」這句話：你也懂道理，但這種說服卻無法讓你的傷心少一點。知道與做到，常常都不在一起。就像是愛與被愛一樣。因此，有好長一段時間你都住在水裡，你老是在同樣的地方打轉、走你們常走的路，聽到的聲音只有自己的心跳，然後把眼淚哭成水族缸裡的水。水是你們的回憶，讓你有安全感。

你怎麼也沒想到，你以爲自己是抓住了回憶，但其實是錯過了風和雨，也錯過了新的陽光。你既無法擁有過去，也得不到未來。終於有一天，或許是雨水在水面的聲音驚動了你，你抬起頭，終於記起了愛的美好。

你才發現，自己把失去叫作眞愛，把得不到稱爲珍貴。而你之所以傷心，其實並不是因爲自己沒有擁有什麼，而僅僅是自己注視著自己所缺乏的。

於是，你離開了水來到陸地，如同魚變成了兩棲類，也就像是一種生物的演化。你終於學會把失去的變成是一種收穫，獲得一種關於愛的進化。

從他給的傷心裡畢業

一個男人的告白：「失戀了怎麼辦？再去愛一個人，如果這個不行就再換一個，總會有一個人會不讓自己哭。」

直到某天，當你發現自己不再哭著醒來時，才終於確定自己已經痊癒了。

你不再害怕想起他，也不再刻意去避開與他共有的回憶，就連聊天的話題也不需要再迂迴打轉，只爲了去閃躲或是去試探。甚至，偶爾在房裡發現沒有清理掉的他的東西時，也不會再落淚，你終於好了。發呆的時間也變少，不再成天加班只爲了讓自己累一點。

雖然你曾經一度以爲，自己再也無法康復。心那麼疼，每天早晨你都是被痛醒，一張開眼回憶就湧進來，像是早上的日出，刺得你無法呼吸，也無所遁形。拉上窗簾，它就從底下透出來；閉上眼睛，它就鑽進你心底，在漫漫長夜裡猖狂喧囂。於是，你覺得自己再也好不了，而你害怕，自己眞的好不了。

你更害怕的是，你覺得自己會一輩子就這樣傷心下去，而這點，讓你最害怕。

你的傷心有很多，草木皆兵。你的傷心是，你曾經以爲他是你的未來，現在卻再也不復存在；你的傷心是，你曾經那麼幸福，現在卻一無所有；你的傷心是，現在的你有什麼快樂悲傷，拿起電話第一個想到的還是他——那些曾經有多麼美好，現在就會逼出多少淚水。原來、原來，你的那些傷心，都是你的曾經。

你不懂，爲什麼人會變？昨天還很好，但今天就變得不好，他的溫柔怎麼在一瞬間就變成了冷漠？如果這是一種不得不，那麼，是不是愛情根本就沒有永遠？甚至，你開始否定他曾給你的一切，你追究他說過的每句話，希望從裡面找到相愛的證據。那些誓言都在你的腦中打轉，每拿出來複習一次，心就多傷一遍。他走了之後，你像行屍走肉，因此拿淚水餵養傷口，傷痛讓你覺得自己還活著。

猛地你才驚覺，原來這竟是一種留住他的方式，只是代價是賠上自己。他已經離開，但你卻還把未來交付給他。

但心碎並沒有藥方，你不知道如何讓自己好起來，雖然你很討厭把答案賴給時間去解決，但有時候自己回答不了的，有一天時間會給你答案。而你少數能做的，只是好好吃飯、好好睡覺，然後，提醒自己要呼吸，不要常常感覺喘不過氣。你要努力讓自己的生活維持在一定的基調上，因爲在很多時候，就連要做到這點都很難。

你要試著把過去變成是一種紀念，而不再把傷心當成是一種生活方式。

你也要努力去記得他給過的好，提醒自己有天一定有人可以再給你，而不是只惦記著那些他給不了的。你不要把缺憾當作自己的重心，你要把自己的未來拿回來，再過成另一個未來。那些愛過的美好，今後都會陪伴你往前走。然後，在時間給你解答之前，你要先照顧好自己，一直到某天終於能夠發自內心的再微笑。

愛情還是那麼難，分手永遠都那麼疼痛，你覺得自己或許一輩子都修不好戀愛這門學分，起碼你可以學會從讓你傷心的人身上畢業。至少你可以爲自己做到這點。

關於你的害怕

一個男人的告白：「我怕蛇。你說『失戀』？那是一種動物嗎？」

其實你一直都不是個膽小的人。在遊樂場裡，你敢玩男生害怕的雲霄飛車，腳才剛落地就吆喝著再玩一趟；你喜歡吃奇怪的食物、越難走的登山步道越是躍躍欲試、你也不怕一個人去旅行……你喜歡新奇、勇於冒險，甚至你比你所認識的男生在大多數時候都更勇敢。所以，你並不膽小。

但唯獨在愛裡面，你不勇敢。你很多慮、你很固執，你有很多的規矩，有人說你難搞，但只有你知道自己並不是挑剔，你只是想保護自己而已。就因爲沒有誰可以保護自己，所以你要對自己好一點。再後來，人們開始說你膽小，害怕在愛裡受傷。你知道他們說的都是眞的，所以你無法反駁，但是，你的心會痛，也是眞的。

因此，當他們用手指指責你「膽小」的時候，也只有你知道自己有多想比他們希望的再勇敢一點。

而關於膽小，其實你有很多話想說，你並不是一開始就是這樣。你也憧憬過愛情的美好、全心全意付出過，如果愛情只有美好，那該有多好？但就是因爲受過傷，所以才怕了。你曾經那麼勇敢，但愛情並沒有同等的回報，還在你的臉上甩了一巴掌。然後，你不停地問自己：「爲什麼？」但用了很長的時間才發現，愛情裡沒有解答，也沒有加減乘除，人的心是風箏，一旦斷了線，抓在手上的就只剩回憶。而你付出的代價是無數個由暗轉亮的清晨，以及在你耳旁喧囂的淚水，它們比窗外的喇叭聲還刺耳。

或許你的身體是健全的，但是心上卻有疤，你還不確定自己痊癒了沒有。

所以你害怕了。原來，一段感情的結束，其實終結的不是自己的愛，而是膽子。於是，之後你的勇敢在一段感情開始之前，就已經有了防衛，心還沒有開啓，就過不了膽量這一關。其實你並不想這樣，你知道自己心裡想要去愛，想要再被叫一次「寶貝」，尤其在天冷時，你更是益發懷念起手的溫度。所以那些張口說你挑剔的每張嘴，都不知道其實你並不喜歡自己的逞強。

然後，你又想起了上一段戀愛。

你很驚訝，至今自己還記得那些痛的感受，彷彿昨日，歷歷還在目。從來都沒人教過你如何面對失戀，每個人都說要去愛、要去感受，但然後呢？如果受了傷該怎麼療癒？要是覺得恐懼了該怎麼克服？會不會心痛根本就不會好？還有，你又該如何面對你的害怕？

你開始在愛裡面膽怯，所有的害怕總結出一段段還沒開始便早夭的愛情。你害怕自己的害怕，而這點，讓你更加害怕。

可是，你不知道該如何讓自己勇敢，你找不到方法，你並不是沒有試過讓自己堅強起來，而是有些事再努力也沒有用。就像是愛情，即使是模範生也不一定能保證拿到滿分。尤其在你發現，你與愛情的距離有時候跟運氣比較有關，而不是努力。但也只有你知道自己並不是悲觀，你只是覺得自己還沒準備好。你在等一個人，等他的出現讓你知道，自己已經可以再往前走，等他的出現讓你知道自己的傷已經痊癒。或許會有那麼一個人，讓你發現自己原來可以堅強。

你在等一個人，當你看著他的雙眼時，覺得自己可以爲他再勇敢一次。

封鎖一個人

一個男人的告白：「當男人想看不到一個人的時候，就能視若無睹。」

於是，你不再以爲封鎖他可以解決事情。

你當然試過這件事，但在臉書或通訊軟體的視窗上，在左鍵按下「確認刪除」的那一瞬間，你卻清楚地感受到自己心底深處的某個部分也跟著崩落了。然後，在某個不成眠的夜裡，又偷偷把他加了回來，希望趁著漆黑的夜色可以遮掩自己慌亂的心。這時你才發現，原來自己一直都沒忘記過他的帳號，你不只默記了他私人的電話、公司的電話、信箱帳號……你把他刻進心裡，而不是腦子裡。所以當理智告訴你該忘記時，心卻還抓著不肯放。

越是用力想忘記，反而越是加重在心中的力道，記憶也越是清晰。

所以你刪了又增、再刪再增，滑鼠每敲響一次，自己的心就跟著被撞擊了一次。你聽見了回音，在空蕩蕩的心房裡傳來巨大的聲響，連寂寞都遮掩不住。原來，思念像是影子，你逃得越快，它就跟得越緊，連夜晚都不放過。你關了燈，它就住到你的心裡。

很久之後，你才發現這是一種上癮。就像是染了毒癮的人，真要戒除，決心只是其中一個要件，要真的根絕，還需要時間。他已經在你心裡扎了根，要一下就連根拔除太天真，他曾經是那個你開心時會第一個打電話通知的人；他曾經是當你生氣時跟著你一起咒罵，然後安撫你的人；他曾經也是那個你睡前沒有聽到他聲音就會失眠的人，你們曾經那麼、那麼樣要好，這些你都還記得。他曾經是你生活的一部分，直到現在逛超市時，你還是會潛意識地走到他最愛的熟食區；挑選衣服時，還是會優先考慮他最喜歡的顏色；購買麵包時，一直到結帳才發現裡面多了一個他愛吃的青蔥口味。他喜歡的食物、他喜歡的節目、他喜歡的餐廳……你花了很長的時間才學會這些。

你給了自己愛他的時間，也要給自己遺忘他的過渡期。這樣才公平。

每天看他動態二十回，到每天看他十回，以前的你，是爲了你們兩個而活，現在是爲自己。一點一滴，你希望從寂寞手中搶回時間，然後分給快樂。

爛男人

一個男人的告白：「男人都很爛？關於這點沒有什麼好討論的。」

「他是個爛男人。」後來，你不只一次從他人口中聽到這樣的話。

他又傷了誰的心、最近又在哪間夜店出沒，然後，身邊的女伴又換了誰。每隔一段時間，就會有類似的耳語傳到你的耳朵，不僅情節都很類似，就連最後的結局都相同。這個他們口中所謂的「爛男人」，是你的前任情人。

他有多爛，你早就已經見識過，劈腿、偷吃、自私、滿嘴謊言，你都經歷過。跟他一起的那段時間，得到的安慰比呵護多，淚水也比擁抱更常貼近自己，到後來你才發現，眼淚的鹽分會侵蝕一個人，最後再連心都跟著一起腐壞。他犯了的錯，但被懲罰的人卻是你。在他失聯的那天，你整夜無法入睡，待在椅子上看著天色轉白，直到他回來丟下的那句：「我又沒有叫你等。」你驚訝地發現，原來是自己給了他傷害自己的機會。

當下你才明白，沒有一個人可以傷害另一個人，除非是自己願意。

更後來，最讓你無法忍受的，並不是他的花心，而是自己。而是那個幫他找藉口的自己。就像是一個溺愛孩子的母親，罵了他一頓之後，還是繼續愛他。你花了好久的時間才明白，溺愛並不是愛情，愛情不會傷人，但溺愛卻會。

你跟他在一起的時間雖然沒有長到可以拿出來說嘴，但卻是熱鬧有餘。

那段時間你們最常做的一件事就是吵架，周遭的朋友也跟著遭殃，但到後來你才了解，愛會跟著那些衝口而出的惡語一併消失，然後蒸發，就跟淚水一樣，每吵一回，愛就腐蝕一點。最後只剩下悲愴的滋味。可是現在想起那時，卻遠得像是跟自己完全無關的事一樣。你也很驚訝自己聽到他的事時，情緒竟然不會波動，你明明就那麼生氣過，明明狠狠詛咒過這個男人。你曾經那麼愛他，然後恨他，又愛他……如此不斷反覆著。

他一度是你的全世界，現在卻那麼無關緊要。

如今回憶起來，其實你還是知道自己當初爲什麼愛他，但卻驚訝自己爲什麼會那麼愛他。他的幽默，其實是幼稚；他的智慧，原來都是小聰明；他總是光鮮亮麗，但卻是月光族；而迷人的外表，也在夜夜笙歌下磨損了，原來自己的愛情是一場誤會，你花了幾年的時間才確認這些事。那時候你做錯了很多，但唯一沒做錯的，就是在那次大吵他甩上房門離開時，你沒挽留他。

你甚至發現，跟他在一起之後，你對自己做過最好的事，就是離開他。

之後你用了很長一段時間才走出來，然後你也試了許多種忘記他的方法，卻發現花的力氣比遺忘的事情還多，記得他的時間也比不記得的還要多。你這才知道，每次刻意的遺忘，其實都是在提醒他的存在。因此你開始順其自然，不再跟時間比賽，吃飯、工作、旅行，你把自己放回正常的軌道上，逐步適應，生活不是只爲了忘記他。

然後直到某天，就像是今天，你聽到他的名字時，發現自己原來已經釋懷了。你不再記得他的壞，甚至開始覺得下一個人一定會更好，你終於康復。最重要的是，你不再拿他的錯來懲罰自己。

他很壞、很爛，是的，以上皆是，只是，這不再是自己的事。爲此你該感到慶幸。

Chapter 4

寫給未來的他的情書

因爲唯有一個人可以好，兩個人在一起才有可能可以好。
所以在你出現之前，我先替你，照顧自己。

自己先好了，愛情才會好

一個男人的告白：「每個人生來本就都是孤獨的，所以才需要找個人相伴，讓旅途變得有趣一點。但這並不表示，要把快樂建築在別人身上。」

「一個人很好啊！」你害怕一直這樣說著，最後，就成眞了。

就在某一天，你突然意識到這件事情，然後驚覺，從此你就噤聲、絕口不提這樣的話。就像是某種迷信似的，例如情侶不可以一起去拜拜、不可以送另一半鞋子一樣，因爲害怕成眞，所以便盡量去迴避，以防招致厄運；努力去謹記這些愛的禁忌，希望可以多帶來一點愛的好運。但也就是因爲這樣，才更證明了自己的相信。也就因爲這樣，你才確定了，原來，自己的心裡還是想要有個人陪伴。你從來都沒放棄再戀愛的想望。藉由逞強，你聽到了自己一直以來迴避的眞心話。

其實，你從來都沒有放棄過可以再跟一個誰牽手的希望，只是可能因爲親友頻繁的關心，一句「最近有沒有認識誰？」就讓你手足無措，無論在心裡排練過多少次台詞、模擬過多少回情境，但每每遇到都還是讓你驚惶失措，只能逃離。於是，到了最後，你開始用「一個人也很好」當作擋箭牌，你用一個人的好來抵擋兩個人的好，當作是交換。只是你沒想到，原本只是拿來當作緩兵之計的說詞，後來變成了你萬年不變的狀態。心想事成，心願法則竟用了另一個你沒料想到的方式達成了你的願望。

當時你也才懂了，愛情的難處是：即便是搖旗吶喊說想要有個人來愛，也並不一定就會招來桃花；但如果去否定它，只會更雪上加霜。

當然，人不是一定非要愛情不可，因爲無論有沒有愛情，每個人都必須擁有把自己照顧好的能力才行。因爲唯有把自己照顧得好，才有餘力去照顧兩個人的愛情，相愛的前提，是先去愛自己。而「一個人也可以很好」，則是一種必需，不該是單一的選擇。也就像是一個人可以過得好，不該與兩個人可以過得好相互衝突一樣。愛情跟自己從來都不是單選題，只能挑選其中一個，其餘都不能要。

你也猜想，或許是因爲一個人生活久了，有很長一段時間你都自己照顧自己，生病自己掛號、按時吃藥，不需要誰的提醒；甚至，你也學會了自己換燈管，能夠分辨壞的是變電器還是燈管。這不是一種自願，而是一種不得不，你心底清楚，你從來都沒有選擇一個人生活，只是因爲沒有人一起生活，所以你才要自己照顧自己。然後，一直走到了今天。也因此，你開始習慣自己跟自己生活，得過且過，不再覺得會有誰來跟自己生活。

跟著你才驚覺，日常的生活磨去的不只是你的稜角，跟著也磨去了你對美好事物的想像。其中，包括了愛情。

再後來，你發現害怕的成分變多了，因爲疏於練習，所以害怕失敗；更因爲，你現在跟自己相安無事，害怕一旦加入了另一個人，從此不得安寧。你害怕好不容易才安適的心、你花了那麼多時間才學好的獨處，都要再還回去。但你也忘了，每一場戀愛其實都是一個新的練習，因爲對象不一樣了、心境不一樣了，所以愛情的樣子也會不一樣，因此都需要再去學習。愛情跟年紀、性別無關，沒有誰是眞的專家，只有愛了，才能夠去體會；只有去愛，才可以有機會去學習。愛情，是一輩子的課題。

一個人可以選擇不要戀愛，但不要因爲害怕才不敢去愛，在心裡還有愛的時候，就不要輕言放棄去愛。不要放棄可以有個人來愛的可能。沒有愛的時候，先讓自己好，這樣愛情來的時候，兩個人才會好。

都，沒事了

一個男人的告白：「男人從小就被教導要堅強、要勇敢。我們從懂事開始，就在學習照顧自己，而女人，比較常是希望著別人來照顧。」

你相信，人是一種能夠自癒的動物，所以傷口才會結痂。心也是。

你知道自己在愛裡受了傷，而且，很重。所以，你才會一想到他就無法呼吸，會刻意避開你們常走的小巷、常去的餐廳，然後，在夜裡會哭著醒來，這些都是證明。連你的同事都看得出來。你無法否認，也不想否認，你把所有的力氣都拿去愛一個人，所以現在才會像洩了氣的球，再沒多餘的力氣去假裝。你如此奮不顧身，一點都沒想到他會離開，所以你連療傷的力氣都沒預留。

你一直覺得他是你的未來，賭注全押上，就連後路都沒留，所以現在才會舉目無親。

但你的傷心也不是想要博取同情，你缺乏的只是愛，並不是憐憫。你知道自己沒生病，你只是不小心，然後受了點傷，並且很痛，如此而已。

但只有健康的人才會生病，它會幫助你增強抵抗力，因為人活著本來就是會受點傷，對此你很清楚。你只是需要一點時間，讓自己可以有力量，然後可以為了誰再勇敢一回。

因此，當周遭的人都在為你著急時，你跟自己說，不要急，慢慢來。這是他們的關心，你了然於心，也心存感激，但你想等傷好了，再去愛人，這樣才對得起未來的那個他，也才對得起自己。你不想匆忙，想要放慢腳步、腳步踏實，上一段愛情使你飄飄然，卻也讓你重重摔到地上，你還在練習站起來。你想要靠的是自己的力量，而不是別人拉你一把，你更沒有把受傷當作是一種懲罰，而是一種練習。因此，你知道自己還沒好，所以不想勉強去說我很好，現在，你最不需要的就是欺騙自己。所有的愛情都要先對得起自己，才有辦法去對別人負責，對此你很明瞭。

愛情已經失去，但至少你還擁有自己的誠實，你還可以對自己誠實。

你也知道自己的樣子會讓周遭的人擔心，而會擔心你的人都是愛你的人，你更清楚知道這件事。但你很想跟他們說，請他們放心，因為他們的擔心最終都會成為你的擔心，你只是現在還不好，但你相信總有一天一定會好轉，你會對自己好，照顧自己，多曬太陽、多喝水，但是是用自己的方式，而不是他們的。你只是還沒好，但不表示永遠都會不好。

每個人的新陳代謝不同，傷口癒合的速度也不一樣，所以，你也相信每個人都有自己的步調。而你了解自己，清楚怎樣對自己才最好。就像是你知道自己花了那麼多的時間去把一個人擺進生命裡，所以也需要一點時間才能復原一樣，愛情沒有特效藥，你只能當自己的醫生，吃自己開的處方藥。而你承認了自己的不好，就是自癒的第一步。也就像是，你剛從兩個人變回一個人，你還在適應，現在只是過渡期。你還在學著把「對他好」，變成「爲自己好」，你也在調整文法，不再用複數自稱。愛情的失去，原來是從「我們」變成了「我」。所以你還在練習一個人。

有一天，一定會有那麼一天，你會對著鏡子裡的自己說：「都沒事了。」而你知道自己會很努力。

加分題的戀愛

一個男人的告白：「不用問男人是不是外貌協會，這根本不是個問題。回答『是』，是希望給別人誠實的印象；說『不是』，也不過是想假裝自己文明罷了。」

「外表是第一關，過了這關，什麼內涵、幽默才算數。」你在某本雜誌看到了這句話，恍然大悟，開始厲行。

你戒了熬夜，因爲實驗報告指出這樣會讓皮膚更有光澤，加三分；你報名了健身房，爲的是希望身材看起來更苗條，加五分；你也換了新髮型，髮型師說這樣會讓你的臉看起來更小，加三分；然後，你把上一季的衣服都擺進儲藏室換上新裝，再加兩分。

你把愛情比作是一種考試，努力加分，都是爲了求得一份幸福。

你變漂亮了，可是卻沒有因此變得比較開心；有更多人追求你，可是卻沒有人留下來；你收到很多禮物，但其實最想要的是幸福。你不懂，自己做了這麼多，拚了命讓自己可以更好，有更多的人喜歡，可不知怎麼，你還是談了一段又一段未果的愛情。愛情並沒有隨著你的分數增加而更長久，反而讓你得到更多的灰心。

最後，你看著鏡子裡的自己，覺得陌生，覺得自己開始不像是自己了。

你才驚覺，自己不僅是沒得到快樂，還失去了自己。原來，一直以來你都在討好別人，而不是自己，你讓自己變美，不是爲了讓自己開心，而是希望別人喜歡。自始至終，你都在冀望另一個人來讓自己開心。「自己如果不珍惜自己，又怎能希望別人珍惜。」突然間，你想起了這句話。

於是你也開始不相信愛情，覺得上天對不起你，自己如此費心盡力，爲什麼身邊就是少了一個人。雖然收到的禮物變多了，但卻不表示與心意成正比；喜歡你的人也變多了，但卻不表示好的人也增加。跟著你才驚訝地發現，伴隨著自己的美貌而來的，並不是恆久的喜歡，而是一種短暫的迷戀，有多容易得來，就有多快速消失。最後你才體悟到，雖然自己一直在加分，但「加分題」只會幫你找到對象，而無法幫你覓得「好對象」。

而你要的，從來都不是一個愛你的人，而是愛你夠久的人。

要愛得夠久，久到你一皺眉，他就知道你在逃避；久到你一沉默，他就知道蜂蜜綠茶可以討你開心；久到你一聳右肩，他就會替你加上外套。要愛得夠久，久到他再覺得生活中不能沒有你，你不是可替換的消耗品，而是他生命的必需品。

愛情雖然是一種競爭，每個人都應該努力讓自己變得更好，但不表示你要去迎合，而用加分題去戀愛，把它當作自己的最主要優勢，就像是禮物上的精美包裝，很美、很吸引人，但一打開就知道好壞。雖然男人沒女人心思細膩，但時間一久，也分辨得出合不合適。

當然，外表還是很重要，但卻不是唯一，你知道還有什麼比這個重要。

美貌應該只是加分，而不是你的價值。也像是蛋糕上的花樣，應該是點綴，而不是主商品。就像是在討好別人之前，你也學會了先討好自己。

最後你才懂了，加分題只能幫助你及格，但卻無法讓你拿到高分。而最終是——在要別人愛自己之前，你要先開始愛自己。

怎麼，會單身！

一個男人的告白：「比單身更可怕的是，無法去談戀愛。」

「我怎麼會是單身？」句子一開始是疑問句，最後，句尾變成了驚嘆號。

你很早就開始戀愛，學生時代你的愛情就已經萌芽，高中、大學，你的身邊始終圍繞著示好的人，你的愛情從沒斷過。那時的你甚至沒有時間悲傷，因爲你的心隨時都有人塡補，身旁的座位永遠都不會是空的。你甚至已經很習慣在睡前會留下三十分鐘的時間跟對方道晚安。雖然你知道自己並不是個超級大美女，稱讚你可愛的比漂亮的多，但你有林志玲沒有的酒窩，總是會有人喜歡你。你從不覺得認識男生很難、愛情很不容易。

直到有一天，你突然發現身邊沒人了。一開始你以爲是自己最近比較忙的關係。你踏入了職場，有了新朋友，去跟以前學生時代不一樣的餐廳，化妝的技術也越來越好，聊的話題也從偶像變成時事，你變得比以前更加成熟。同時你也比以前更會打理自己，更有能力照顧自己，嬰兒肥已經從自己的臉上消去，你有了夢寐以求的尖下巴。你覺得自己變得比以前更好，愛情也正在不遠處等待。

但漸漸地，你卻開始發現，身邊的朋友越來越少，只有每個月的帳單數字逐漸增加。大家各自有了自己的生活，然後你開始收到喜帖。你還是很忙碌，但行事曆上一個人的計畫永遠比兩個人多，逛超市的頻率也比上餐廳頻繁。你覺得每個人都在往前進，只有自己背對著他們往後走。你努力思索，自己到底是在哪個時候與大家岔開了路，但只換來雙眼的黑眼圈。

就像是呼吸空氣一般，你沒想到自己有一天竟然會缺氧。

message from PARIS

「你的條件這麼好」、「一定很快就會找到男朋友的」……朋友的話圍繞在耳邊，但隨著日子推移，這些安慰的話開始變成了刺，每聽一遍，你就更沮喪一點。你怎麼也不懂，為什麼現在這個優雅懂事的自己，會比不上當初那個任性幼稚的自己，越是長大，愛情越是離得遠。所以，你再也沒辦法被這樣的言語安慰。

就像是接力賽一樣，你跑得比人快，因此你以為自己應該會被安排在第一棒，但沒想到名單一公布，突然發現自己成了最後一棒，當周遭的朋友紛紛接到棒子時，只有自己的手是空

的。雖然你從來都不覺得自己會早婚，但是怎麼也沒想到自己會離結婚這麼遠。而你的接力賽，在某天突然變成了耐力賽。

接著，你身邊的位置空了很久，朋友邀約時也不再詢問「會攜伴嗎？」，那時候你才驚覺，自己的單身已經成了一種狀態，而不是過渡時期。再後來，朋友在你面前也開始避開結婚，或是誰交了新男友之類的相關話題，但因爲很刻意，所以你總是會察覺，然後假裝沒聽到。你那時才發現，別人看好你戀愛的比例，就跟他們多常跟你討論一樣，言語是量器，原來不說話比說話更傷人。

有人切換了你的愛情開關，「停止鍵」變成了常態，「暫停」已經是過去式。

於是你開始害怕。你並沒有拒絕愛情，你還是想要有人陪，但卻像是被迫接受單身一樣，你離兩個人越來越遠，距離你最近的體溫永遠是自己養的小狗。你害怕就這麼一直下去。你急了，因此抓住了離自己最近的浮木，就像溺水的人迫切求生一樣，但到最後卻總是發現離愛更遠。愛雖然無法形容，但卻很確切。所以你不要了。你賴以維生的浮木，其實乘載不了你的重量，原來能拯救自己的只有自己。你發現必須先上岸，才能找到家。那時候你才懂了，不能因爲想愛的念頭而對不起自己。

你還是想愛，你還是想把一個人擺在心上，還是想要有人在你犯錯時罵你笨蛋，然後每罵一回就更寵你一點。因此你要自己努力去記住愛一個人的感覺，提醒自己不能忘，一旦忘了就等於失去了愛的資格。你一直都在整理自己，希望先把自己準備好，直到有一天他出現了，才能夠減少遺憾，離永遠更近一點。

原本急性子的你學會了耐心，先把愛收好，相信眞心不會被辜負，然後，隨時準備再談一次戀愛。

開始練習，一個人過節

一個男人的告白：「新年？喝酒。聖誕節？喝酒。情人節？喝酒。一個人過節？喝酒。」

比起一個人過節，其實你更害怕的是別人問你：「節日打算怎麼過？」

打算？什麼打算？每當這種時候，你就會後悔自己爲何沒有事先就想好答案，你早該料到總會有人問起。尤其是臉書上，一過完聖誕節，馬不停蹄的新年活動預告就一波波來襲，接著又是情人節，每看一回，都只是一再擴大了你是如何地寂寞而已。也就像是新年，是象徵新的開始的意義，但你怎麼樣都覺得自己像是被全世界遺棄了。每一年，你都覺得會有人陪你過下一個節，所以你從來就沒有什麼打算，因爲你的所有打算，都是另一個他的打算。

但節日卻像是對號列車，一班過了又接著一班，只有他還誤點，而你卻還等在原地。

因此，每當有人問起「怎麼慶祝節日？」，就像是挑起你的孤單神經似的，你原本覺得自己藏得很好，已經有了寂寞抗體，但沒想到只要一句話語，就讓你無所遁形。這些話語就像是一盞聚光燈，照亮了你隱藏在陰暗處的哀傷，你以爲他們早就消失，但沒想到其實一直都在。你才發現自己的堅強就像是積木，看似牢靠，可一碰就垮。外面的聲音越是熱鬧、燈光越是耀眼，就讓你的孤單更加倍喧嘩。

這些話語，像是火光，點燃了你的寂寞，讓你的寂寞更寂寞。

但其實你並不討厭節日，你甚至是喜歡過節氣氛的，你也喜歡吆喝大家一起慶祝，聖誕交換禮物、新年一起看煙火、元宵一起吃湯圓……但曾幾何時，你竟然開始害

怕節日。因爲整個城市都是他的影子，每個街角都有你們一起的足跡，只要一踏出門，他就無所不在，尤其遇到節日，更是鋪天蓋地而來。

此時你才發現，原來自他離開後，你的時間就此靜止，不管他走得再遠，背影始終都停留在你身上。你的心自始至終都還停留在他轉身的那個時候。因爲害怕看到鬼，所以你在夜晚點燈，不踏出房門一步，怕任何的風吹草動都會招惹自己的眼淚。而你也沒想到，就因爲害怕與過去重逢，賠上的卻是自己的以後。

你背對著跨年施放的煙火，只看到地上自己拉長的影子，耳朵轟隆聲響，你眼睛只看得到黑，卻錯過了繽紛的火花。

好長一段時間，你都忘了新年其實與他無關，你的新年是你的，而你的快樂，也是你的。兩個人過節很幸福、一群人過節很開心，但是，一個人過節也很好。過節並沒有非要怎樣不可，是自己偏執得想要抓住什麼。所謂的「過節」，應該是在自己的心裡，而不是別人的手裡。節日並沒有錯，就像是他的離開，虧欠早已隨著節慶的更迭而消失，只有你還放在心上。

你才驚訝地發現，即使他已經離開，但你卻還把心寄託在另一個未知的人身上，你從來都是在依附著某個誰生活。經歷過這些後，你才有了新的體悟，或許別人會讓你傷心，可是自己卻不能讓自己不快樂。因爲到頭來，你的不快樂並沒有誰會在意，只有對不起自己而已。而他人，無法對你的傷心負責。

於是新的一年即將到來，你學著練習，可以坦然地面對任何節日。學習一個人過節，並非意味著你的獨身宣言，只是表示從此自己的心情不再需要仰賴他人或節日，然後，活得比以前更好。

從今天起，你要開始把快樂過得像自己，而不是依循他的。

兩個人卻單身

一個男人的告白：「男人在沒認定一個人之前，都是單身。這跟身旁有沒有伴，沒有任何關聯。」

在他轉身進入健身房的那一刻，你突然清楚意識到一件事：當他在一個星期內，見到健身教練的時間比自己還多時，或許就是該需要思考這段感情的時候了。

你知道他一定會覺得你這樣很幼稚。因為你一個人也可以過得很好。在很久以前，你早已學會了一個人生活。自己吃飯、自己逛街、自己一個人搬家，即使是獨自一人過聖誕節，你都已經可以很坦然。你在很早以前就知道沒有一個人非要另一個人不可，人無論靠得再近，最後都還是一個人。就像是你曾經被放逐到荒島上一樣，你訓練出了那些求生技能，它們在你心裡扎了根。

但是，那是「一個人」的時候。而現在，是「我們」，是複數詞，不是一個人。但你卻常常覺得自己還是一個人。

你也知道這樣的想法說出來後，他一定會覺得你無理取鬧，就像他也不懂，睡前的道晚安是多麼重要的事。你更是認同每個人必須有自己的嗜好與生活，就像你喜歡美食、買鞋一樣，不同的是，順序與多寡。

你跟他計較的，從來都不是他去運動這件事，而是多跟少。所以他並不知道，其實你很喜歡他去運動。但是，同時你也知道自己不是他去運動的理由，即使他強硬地說：「我身體健康，都是爲你呀。」人要先愛自己，才能夠去愛別人。這道理你懂的，只是你沒說破。而運動，也是好的，就像愛情一樣。

可是、可是，你還是希望他比現在再更愛你一些。

不過你也清楚知道，愛是要不來的。「能要來的就不是愛」，在多少個夜裡你被這句話給惹哭，但就是不甘心，於是去搶、去爭，就算去偷也都要得到。直到千瘡百孔，才認清男人的愛要不起，因爲當他不想給的時候，他連你的眼淚都看不見。你有過這樣深切的經驗。所以你不再哭了，不是因爲堅強，而是因爲在哭之前你學會了先笑。笑自己的可悲。所以你再也不打算向任何一個人要他的愛。你更不想去等一個人長大，因爲自己的時間比他的珍貴。

你並不是對愛灰心，相反地，是你更確切地體悟到愛。你經過了小女孩等待白馬王子的年紀，因爲白馬總是讓你追不上，多少次被拋下後，你就深刻了解，你要的是王子，但並不需要白馬。你需要的是可以跟你牽著手的人，而不是華麗的紅袍，王子也可以是赤腳。你還是想要愛，但不是去幻想愛。

因爲在那段兩個人、但卻感到孤單的時光裡，你已深刻明白到一件事，「一個人」是一種選擇，而不是一種狀態。

甚至到後來你才發現，原來自己還是擁有選擇權，所以在此之前，你學會先愛自己多一點。

愛，如此困難

一個男人的告白：「愛的困難？沒錢。好像說過了。」

你忘了從什麼時候開始，愛情竟然變得是一件困難的事。

你從大學時代就一個人到外面居住，青春的羽翼豐厚，你急著振翅高飛，每一雙試圖握住你的手都是羈絆。你在未成年時就開始期待這天的來臨，只要搬出去住，就可以徹夜不歸；只要搬出去住，就可以看整晚的電視；只要搬出去住，吃完的泡麵碗就可以隔天再收……然後，你也戀愛。你們整天膩在一起，說笑、吵架、再和好，愛情很輕盈，覺得只要有了彼此，就能抵擋住風雨。

當時的戀愛乾淨透明，就像是水。喝得再多，對身體都沒負擔。

只是，你怎樣也沒想到，從此之後自己都是一個人。你畢業了，換上套裝，以爲這是告別孩童的成年式，然後進入了職場、經濟獨立，自己終於成爲一個完整的個體，人生可以因此而更寬廣美好。但事實卻剛好相反，世界並沒有隨你的畢業而變大，反而像是收進紙筒裡的畢業證書一樣，在圈圈裡頭不停地打轉。長大沒有讓你距離愛更近一點，反而把它越推越遠。

你發現自己的生活範圍固定了，平常日是白天上班、下班則回家，偶爾運動，週末則與姊妹淘聚會，卻永遠沒有新成員加入。你們會一起跟著雜誌上報導的指標美食跑，提早一個月預約餐廳，你們什麼事都可以打理得很好，按照計畫進行，但只有愛情預約不來。然後，再也沒有半夜一通臨時的電話，就一群人去吃麻辣火鍋的邀約。接著，你興起了養寵物的念頭。貓或狗都可以，只要有體溫就行。

當然你也試著想要讓生活過得不同，但卻發現不知道該如何改變。你的困難在於，你的無從著手。你在交友網站上登了個人資料，卻發現自己經學不來嘟嘴睜大眼睛的無辜表情；你在臉書上加了幾個不錯的男生，但你們最大的交流也僅止於按讚；偶爾的單獨約會，也在多數是沉默的時光中度過。你並不是內向的人，其實你很多聞、很健談，認識你的朋友都知道，但什麼時候起自己竟然開始在面對一個男生時會感到膽怯？你害怕自己說錯話、害怕自己不夠好、害怕自己不得體……你有太多的害怕要顧慮。

但是、但是，大多數時候其實是，你根本無法認識一個人。你束手無策，像是一個在超市裡跟丟母親的小女孩，張大雙眼站在原地，不知道該往東還是西。但是你已經過了愛哭的年紀，所以只能放任自己站在原地心慌。然後，束手無策。

即便眞的有機會認識了一個誰，但往往在你還無法眞正認識對方之前，他便已經消失無蹤。而你，也總來不及讓對方去了解什麼是眞正的你。你有多麼幽默、你的善解人意，以及你是多麼會下廚，對方永遠無從知曉。愛情的困難在於，它並沒有模擬試卷、沒有參考習題，也不像考試，這次不及格還有下次的機會，每一次愛情的機會都是獨一無二。而且，稍縱即逝。

以前的你覺得愛是講求緣分，現在的你則認爲，愛需要的是奇蹟。

然後，你又回頭問自己是否不再相信愛情？才發現，原來你不相信的其實是自己。這麼長的空窗，讓你沒了信心，你懷疑自己是否有某種缺陷，根本沒有愛人或被愛的能力。但是同時你心裡也清楚知道，自己很好，所以值得一個好的人對待，而不是隨便。你終於才恍然大悟，原來奇蹟需要的不是創造，需要的只是相信。因爲一旦不相信了，奇蹟本身就不會存在。

但愛還是很困難，可是，每回、每回，你都試圖讓愛變得簡單一點。就像是夏日午後的雷陣雨，你告訴自己愛的壞運氣有天終會過去。然後，有一天會再牽起另一個人的手。在此之前，你需要的只是先照顧好自己。

寫給未來的他的情書

一個男人的告白：「我老婆是我這輩子最愛的人嗎？比較可以確定的是，她會是我愛最久的。」

最近，你時常會想起他。你的初戀。

你忘了自己是從哪一刻起，看事情的方式突然不同了，就像是「長大」這件事一樣，等到自己察覺時，早已不是青澀的模樣了。也就像是你的初戀。你們那時候沒什麼錢，無法上高級的法國餐廳，但在路邊吃雞排就覺得無比滿足，幸福來源也不是一瓶兩千塊的紅酒，而是一杯三十塊的珍珠奶茶。當時的你們也不懂什麼是愛情，但卻最快樂，也最像自己。後來的你，再也談不成那樣的戀愛。

也因此你才慢慢曉得，一個人一生最幸運的事之一，就是在初戀時就遇到一輩子的伴侶。年輕的你，曾經覺得這樣很蠢，不多比較嘗試，怎麼會知道誰適合自己？誰又是最好的那個人呢？但長大之後才發現，嘗試並不能保證幸福，而多愛幾回也與對的人無關，所以你才會不斷地愛了又愛，在路上碰碰撞撞，到現在還是自己一個。

原來、原來，自始至終都只愛一個人其實是一種好運氣，愛情向來就是需要運氣才行，這也是你很後來才體悟到的事。與一個人廝守，不只需要勇氣，也需要更多的直覺，相信他是對的，認定他是好的，而那些人早在最初就遇到了這樣的對象，遇到願意讓自己從此與他一起生活下去的人，這，簡直是一種奇蹟。接著你也才發現，當初的輕佻已經隨著時間流逝而褪去，現在的你對於那樣的愛，剩下的只有更多的羨慕。

但同時你也了解到，自己並沒有那樣愛的好運氣。於是，你開始準備自己。

以前的你，覺得自己不比別人差，可爲什麼愛情總是與自己擦肩而過，你那麼努力，愛情卻沒有相同的回應。你總是覺得愛情虧欠了你。但是，現在的你接受了這一點，因爲愛情向來都跟好壞無關，而承認自己沒有他人的愛情運氣，更不表示自己的投降，取而代之的反而是更多的寬心。你學會了放過自己，你不再苛責自己是不是有所欠缺，因爲只有你知道自己已經盡了多大的努力，然後，比以前更加珍惜自己。

你開始把時間拿來對自己好，你學習、閱讀，也開始試著與自己對話，你把自己打理得很好，或許愛情虧欠了你，但你不能虧欠自己。你也開始試著找回那個十年前的自己，不再勉強自己爲了想要愛而去違背自己的心，你學著對自己誠實、對愛情誠實，就像是當初那個青澀的自己。

你學著把過去那一段段失敗的愛情，當成是一道道的練習題，他們都是來幫助你理解愛以及在愛裡的自己，然後下一回可以愛得更好。

那些夭折的愛情，就像是跳躍前的助跑練習，只是過程，在終點你終會一躍而起。

以前的你，最努力的事情是去戀愛，很拚命，不怕苦，相信人定可以勝天，你總會勝利。而現在的你，則是把時間拿來將自己準備好。你不再跟老天爺比賽，然後有天，等他出現，再相愛一回。

你還在練習自己，想把自己變更好，好到等未來的他出現，再也捨不得讓你離開。

其實，你不是非要愛他

一個男人的告白：「摯愛是比較級，所以只能有一個，但一輩子很長，愛的可以不只一個。」

你所有的不快樂，原來都是來自於你非要愛他不可。

直到有人提醒了這件事，你才有種大夢初醒的感覺。不知道何時，你腦中的開關被切換了，你只想著「他不能離開我」、「我不能沒有他」……你的思考模式被設定成「我不能落單」，因此所有的思考點，都是以兩個人爲出發，你再沒想過其他可能。也或者是，你根本不想去思考其他的可能。

你已經過慣兩個人的生活，所以再不要一個人，你覺得自己一個人會不好。因爲擁有了，就覺得是自己的，所以不想失去，才抓得更緊。也因此你研究他的一舉一動，你去猜想，去推敲，只要一個眼神轉動、一聲半夜的手機振動，稍有不對勁都讓你築起了防衛之牆。你開始無法專心，你的心臟跟著他的電話鈴聲一起跳動，你的呼吸跟著他的回家時間一起起伏。一直到草木皆兵，你才驚覺，曾幾何時自己眼裡的專注，都已經變成了猜疑。你不要他的愛跑走，但沒想到卻是自己先讓愛變了質。

而你更忘了，自己在遇見他之前，其實都是一個人生活。一個人也可以過得很好，沒有人非要另一個人不可。

於是，你重新思考自己對愛的定義，以及自己想要的對待。你無法把抓賊當樂趣，你想要的是一個可以讓自己安心的關係，而不是處處讓你起疑的對象。當然，你也不是天眞到以爲只要有信任，就可以保證愛情不會起變化，但是，以爲盯牢他的一舉一動就可以確保他不愛上別人，對你來說更是一種天真。因此，越是花更多力氣去尋找蛛絲馬跡，你越加倍覺得荒唐，你們是男朋友與女朋友，怎麼過成了一種小偷與偵探。

突然間，你憶起了那些愛的初衷，現在都去哪了？或許你無法保證愛情的結局，但無論如何都不要去後悔自己當初怎麼沒有好好愛他。因此，你要自己只管去愛他，你要很努力去不讓自己後悔，而不是現在就放棄了還可以愛他的機會，然後去懷疑。於是，你開始學著把懸疑推理劇變成浪漫的愛情偶像劇。關於愛情，你只能很努力，沒有誰可以擁有特例。

跟著你才明白，愛之所以動人，其實是因爲裡面的兩個人，而不是因爲一個他。而自己擁有的也並不是他，而是兩個人在一起的那份美好。愛情，是兩個人一起經營的成果。你也才發現，原來你的快樂可以靠自己的努力，你的快樂都是你的，而不是在他手上。

因爲沒有一個人可以掌控另一個人的快樂，除非是自己交出去，而快樂也不應該是寄託在另一個人身上才是。

你也不一定要遷就他不可，你同樣擁有選擇權。你可以選擇你愛的人，以及你想要的愛。你的愛，不單只是他選你，而是你也可以選他。就像是你可以選擇快樂的愛，而不是猜測。如果他不夠好，其實，你不是非要愛他不可。

當「新年快樂」變成了「有對象沒？」

一個男人的告白：「要對象很容易，有沒有想娶進門的才是重點。」

你忘了從哪一年的過年開始，人們口中「新年快樂」的祝賀都變成了「有對象了沒？」。

只是，等你察覺到這件事情時，才發現自己早已被貼上「滯銷品」的標籤。不管你單身的原因爲何、條件如何，結論都只有一個，就是──你沒人要。尤其是你的爸媽。於是你驚訝地發現，原來無論自己多麼拚命工作、把自己打理得多麼好，或是多麼地獨立自主，到了他們眼裡，你都只是一件商品，等著顧客上門挑選，然後購買，要是銷不出去就一點價值都沒有。你所有的努力，都因爲他們的一句話，被全盤推翻。

結婚，成了他們評斷一個人價值的唯一標準。你覺得好笑，但同時還有更多的灰心。

然後在某個無意間，你才發現了事情的眞相。隔壁的阿姨會問：「跟她同年齡的都結婚了，她怎麼還不結婚？」對面的伯伯會說：「怎麼不趕快嫁一嫁？一個人很可憐。」就連住在南部的遠親都會叨念上幾句：「不結婚，老了剩一個人很淒涼。」原來你的父母也承受著外來的壓力，當你看到他們在面對詢問時的尷尬表情，其實你很心疼他們，其實你比他們還要難受。

你也從來都不知道，原來他們覺得你過得不好，在他們眼裡「單身」與「不快樂」是等號。

你突然懷念起從前，在很久以前，當「新年快樂」還沒變成「有對象了沒？」時，你跟你的父母是站在同一陣線，你們一起抵抗外敵，保護彼此。但曾幾何時，你最親愛的人卻也開始拿著外人的劍面向著你。比起你的單身，其實這件事讓你更加感到受傷。當面對旁人類似這樣的詢問時，你多想聽到他們口中的「我也很擔心」能變成是「慢慢來、不急，活得開心比較重要，要是嫁得不好就更糟了」你多麼希望他們是你的後盾。

再接著，當你向他們報告你又加薪時，他們會說：「要是談戀愛有那麼認眞就好了。」當你享受一個人在家看DVD的時光，聽到的會是：「不要都待在家裡，難怪交不到男朋友。」當你即將實現夢想已久的旅行計畫時，他們則會皺著眉：「只顧著玩，也不好好找對象。」那些原本是你對自己好的方式，在他們眼裡都成了一種阻礙。再後來，當你爲了表達孝心多包了一萬塊的紅包時，他們回饋給你的卻是一句：「我們不需要這些錢，我們是希望你趕緊找個對象結婚。」

到最後，你變成了他們的新年願望，他們的夢想都得仰賴你來完成。

你很想告訴他們說，請他們收起他們的擔心，你比他們所想的勇敢，也比他們知道的更珍惜自己，你比較希望自己是他們的寶貝，而不是他們眼中的滯銷品。你也想讓他們知道，其實你現在過得很好，未來也會努力讓自己過得好，不管是一個人、兩個人，從今以後你都會讓自己快樂。比起結婚，這才是你的信仰。

你很抱歉他們的願望目前還無法實現，但你也很想說，我也有自己的夢想，我不是一個沒有思想的商品，我的人生不應該是爲了實現你們的夢想而存在。再者，最根本的問題其實是：你不是「不想」結婚，而是不想「隨便」結婚。你並沒有排斥其他的可能性，只是，你也不想爲了給誰交代就不聆聽自己的心聲。你更不想因爲要對得起他們，就對不起自己。

「你有對象了沒？」下次當有人這樣問起，「我現在很快樂。」你一定要這麼回答。

距離你的喜歡，我，還有多遠？

一個男人的告白：「男人沒有所謂的比較被動，只有要或不要、喜歡或不喜歡。」

你還是會忍不住去看他通訊軟體上的暱稱，也還是會不由自主地去看他臉書上的最新動態，然後在按讚與不按讚之間掙扎。就像是伊斯蘭教徒每日定時朝麥加方向膜拜一樣，你養成了這樣的習慣。每看一回他的訊息，你都覺得自己離他又更近了一點，然後再近一點，或許有朝一日便可以抵達他身邊。

盯著這些視窗的時候，都代表了你正想念著他。

接著，你發現自己花在網路上的時間變多了，但看來看去都是同一個頁面。你從上面獲得他的資訊，他去了什麼地方吃飯、跟什麼朋友去新開的酒吧喝酒，甚至你還知道他最近買了一件藍色的T恤，上面印了隻老虎的圖案。那是他最愛的動物，也是他的生肖。你越來越了解他，可是，你卻發現你們的距離變遠了。

他總是很忙，他總是有事，他總是有千百個理由，不回訊、不回電話，卻又在某天突然出現，臉上掛著若無其事的笑容。他跟你打招呼，聊今天的天氣與交通，但就是不聊他跟你。你拒絕過別人，所以你清楚知道，不喜歡一個人是怎麼一回事。就像他的視線永遠不在你身上一樣。

所以，你再也不敢主動。

你不是不勇敢，而是太明白喜歡一個人是什麼樣子。就像你對他，也就像他不這麼對你一樣。

思念他的時候，你離他最近，但卻離自己最遠。

他當然沒那麼好，眼睛太小、髮型很醜，對衣服的品味你也不敢恭維，但喜歡一個人，從來都跟好或不好沒有關聯，跟自己的心比較有關。你也不要自己去挑出他的缺點來討厭，因為你知道，其實他並沒有犯什麼錯，只是不喜歡你。沒有誰對不起誰，你也不想討厭他。因為討厭一個人，最後會連自己都討厭。

「距離你的喜歡，還有多遠？」你曾經在心裡問過自己這個問題無數次，漸漸才知道，原來喜歡沒有所謂的距離遠近，答案只有「有」或「沒有」。而他對喜歡你的距離有多遠，其實只有差一點點，那就是「喜歡」這一點。

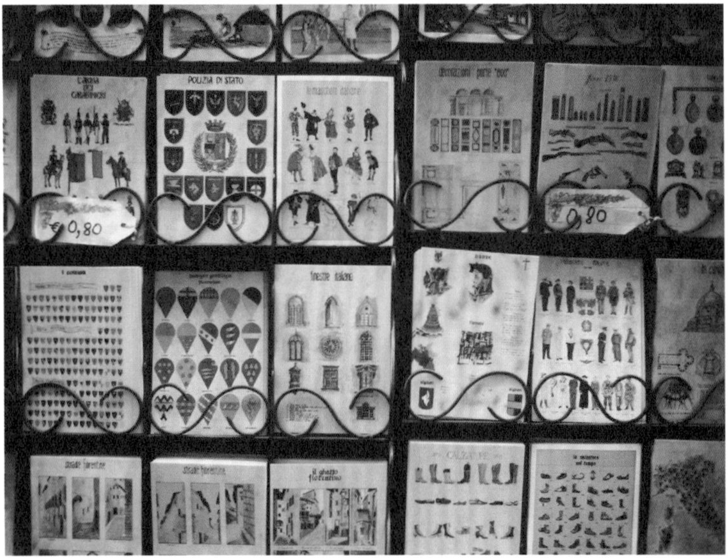

後來，你才發現，原來每盯著他的訊息多一回，其實都是自己在一點一滴消除自己對他的喜歡。就像是一種宗教儀式，人們藉由祝禱來獲得心靈的平靜，你則是用麻痺來當作處方箋，希望有一天可以戒掉對他的喜歡。

你還是覺得他很好，但希望自己以後可以找到跟他一樣好的人，然後在一起。你把心空了出來，想擺進另一個人。

他可以不顧慮你的感受，但你必須對自己的人生負責。

他的話，你的花

一個男人的告白：「男人不是愛說謊，說實話其實不難，難的是，說出來後，對方要不要接受。」

那一瞬間，你懂了，言語是花。可以說得漂亮，但也很快就謝了。

分開的幾個月後，你聽到了他有新對象的消息，你有些驚訝。他的話言猶在耳：「我工作很忙，沒時間照顧誰，而且我很麻煩、不好伺候，很難跟誰談戀愛，不是你的問題。」怎麼這些像是自責的話，聽起來都像是「你不夠好，配不上我」。他說的這些話，其實指的並不是他的不好，而是你的不足。

你已經不是小女孩了，當然聽得懂。因此，爲了配得上他，你努力學習，早上閱讀自己不看的財經新聞，爲的是晚上三分鐘的閒聊，你不嫌少，你以他爲中心多一秒都已經很滿足；你努力照顧自己，爲的就是不讓他擔心，不成爲他的負擔，他好，你就好；你配合他的作息，晚餐時間八點起跳，就寢時間至少兩點，他是你的天，你所有的時間都跟著他的步調。你把他當成太陽，白天黑夜都是他。

不只是配得上，你想成爲他理想中的那個人。你可以不要自己，但不能不要他。

可是，終究他還是走了。愛情本來就不是努力就會有收穫，你很懂，因此你不埋怨。但在你的心裡面，一直覺得是因爲自己還不夠好，因此跟不上他的步伐，才會被他拋下。就連他的離開，你也覺得是自己的錯。因此你怎樣也沒想到有另一個人，會這麼快就跟上他的腳步。不過雖然訝異，但你仍給得起祝福，你還是希望他好，至少自己無法給予的，有一個人可以代替你做到，爲此你很開心。

然後，你看見了他的那個她。她不像你，這是當然的，你完全可以接受，但是，她卻也不像是他曾經向你訴說過的理想典型。甚至，背道而馳。你的打擊很大，幾乎比你們分開時還強烈，你覺得可笑。你曾經那麼自責、那麼拚命想要變成他的理想典型，但這一刻你也才明白，原來並不是你不夠好，只是你不是他要的，如此而已。

這時你才驚覺，原來愛情裡從來就沒有誰追上了誰，是他停下來等他。愛情，比什麼都殘酷。

而他說過的那些話，你曾經細心呵護照料、奉爲御旨，現在聽來諷刺。舌粲蓮花，如花般的美，也如花似的隔夜就凋謝。人會僞裝，也會把話說得好聽，這是人之常情。也或者是，人總是善變的，在某些時刻就是會轉變，他當時的話或許也是眞的，只是抵擋不住時間，你也試著如此去猜想。但立即又覺得自己可笑。你才想到，他的喜或憂，其實早與你無關，也就像是他的話。

那一刻你也懂了，一直以來你都以爲是自己配不上他，但沒想到其實是剛好相反，是他不配擁有你。

話有好有壞，但你可以選擇讓好話在心裡落地生根，而不是讓它在自己的心裡腐壞。你當然還是希望他好，但你要把祝福拿回來給自己，你想用心去聽自己心裡面的話，然後，讓它盛開。人或許會說謊，但你卻必須對自己說實話。

而他說的話，同樣也有假有眞，但可以確定的是，你再不用當眞了。

愛一個人要很努力，分手也是

一個男人的告白：「男人跟女人不同，她是他的一部分，但他卻是她的所有。」

原來要遺忘一個人，除了需要時間之外，還需要努力。

你忘了是誰跟你說過，跟一個人談了多久的戀愛，分手後，就要用它一半的時間來遺忘。你不知道這樣的話的準確度有多高，只是當時的你，一點也沒辦法去思考「遺忘他」這件事。你們在一起了，你的心爲他開啓了，然後他走了，又把你的心給關上。你怎麼忘記他，因爲鑰匙還在他的手上。

於是你望著他離去的背影，不肯轉身。就像是背對著未來往前走，不僅看不見未來，離過去也越來越遠。你認爲這是一種紀念，但最後才發現擁有最多的，並不是與他的回憶，而是自己的悲傷。原來自己一直緊握著的雙手，以爲抓住了什麼，一打開才發現裡頭都是風，未來與過去，你都失去。

他走了，但你卻還想跟他要未來，跟著把過去當成一種未來在過。原來愛情並沒有讓你目盲，是你用雙手遮住了自己的去路。

你想，或許是因爲你還很傷心你們分開，所以才會無法釋懷，你覺得自己還有那麼多的好要給他，它們都還在你這裡，你不想留，你都想給他。但他卻不在了，所以你才會站在原地不肯走，就像是一個要不到糖的小孩。你才驚覺，原來這是一種耍賴，源自於人的天性，只是後來你長大了，學會自己去掙，而不是去要。但在愛情裡，你發現自己又變回了當初那個小孩。

也或許是，我們之所以會談戀愛，就是因爲潛意識裡我們都不想長大，想要被寵、被疼。想要在愛裡，逃避現實。愛是逃避現實的一種方式。但人會長大，愛情也是，人只能往前走，若不想被留下，就只能跟著一起前進。就像是分手，也需要努力。最後你才明白，原來當初自己用了多大的力氣去愛一個人，分手時，也要用同樣的力氣去遺忘才行。沒有人天生是戀愛好手，但也沒有人生來就是分手，面對愛情我們都要很努力，而分手也是愛裡的一部分。因爲，只想要戀愛的好，而不想要戀愛的傷，也是一種耍賴。

兩個人在一起時，你是爲了「我們好」，但分開了，則是「爲自己好」，其實你的好都還在，只是你忘了，現在則要拿回來給自己。你也開始學習將他曾給你的好留在身後，再試著把要給他的好，給別人。你要開始練習，對另一個人好。

努力去學習分手，就是對自己的一種好。

時間會一直往前，誰都無法阻擋，但你不想要被拖著前進，你想跟它齊步。你再不要被拋下，所以你要很努力，很努力地去忘記他的好。於是，你學著轉身，才發現，過去並沒有被你給拋棄，反而跟著你往前的步伐，一起走成了未來。

或許愛情丟了你，但至少你可以保有自己。

他走了，你的天暗了，但你要在自己的心裡，爲自己留一盞燈。你也要開始練習，自己的未來，不再包含著，他。

不戀愛的人

一個男人的告白：「不想戀愛？當然，在遇到沒有想要戀愛的對象之前，都是不想戀愛的狀態。」

世界上有兩種東西是努力不來的，一種是血緣，另外一種是愛情。你要先弄懂這兩點，才會放過自己。

你曾經遇過一種男人，他把事業擺在第一、把朋友看得很重、週末常常是滿檔的活動飯局，他永遠都很忙，然後他會說：「我現在不想戀愛。」你聽到了，所以不吵不鬧，改以安靜替代追問，再把急切轉換成耐心。你知道，愛一個人是把他擺到自己前面，這是愛的眞諦。你要做得很好，好到他無法挑剔，然後等到某天他想找個人安定下來時，會第一個想到你。

你也試著猜想，一定是他還沒機會好好認識你而已，一旦他知道了眞正的你，就會明白你對他的好，接著就會動心了。你思考過千萬個他不想戀愛的理由，然後再用那些理由來說服自己還有機會。只是當時的你卻沒發現，原來自己是用好在交換愛，但你忘了好跟愛從來都無關，也跟等待畫不上等號。

愛情，並不是用餐候位，等久了就是你的，愛情是一場沒有號碼牌的比賽，沒有先來後到。

一直等到他心中的位置被誰給占據了，你才發現自己手上握著的不是入場券，而是根火柴；原來自己並不是他眼中的灰姑娘，可以等待著玻璃鞋讓你搖身一變成爲公主，而是一個在門口賣火柴的小女孩，等待施捨，只能點燃火柴追逐著幻影，美夢只有一根火柴的長度。這時你才驚覺到。原來，自己從來都沒有入場的資格。

花了那麼長的時間，你終於才懂了，原來他並不是不想戀愛，而是，沒有一個人出現，讓他想要戀愛。沒有哪一個人，讓他願意捨棄他的自由、他的設限，然後全心全意去投入。自始至終，他不要的都不是愛，他要的才是自己想要的愛。就如同你對愛的追求一樣。只是他要的那個人，不是你。

原來、原來，他的話，你聽到了、你知曉了，但其實心裡從來都沒聽懂過，他的不想戀愛，指的是——不想跟你戀愛。

於是，你不再逼迫自己，不再問自己還要等多久？是不是哪邊還有所欠缺？也不再去試圖勉強他，跟他要他從來都無法給予你的答案。愛情不該是一種爲難，不是非要掏心掏肺才能換得。這也是一種對自己的善待，你終於不再患得患失，不再把不可能當作可能。你不想當賣火柴的小女孩，你想要的是一個會讓他想去愛你的對象，而不是努力去讓誰來愛自己的人，你想丟掉火柴棒穿上玻璃鞋。

在愛情裡等待並不是一種美德，有時愛情的確需要耐心，但你不再把時間當作自己最大的憑藉。因爲，你可以付出你的愛，但是禁不起任何人的恣意揮霍。

●國家圖書館出版品預行編目資料

想念，卻不想見的人【十萬慶功全彩圖文增修版】／肆一 文
Ocean Chen 攝影
--初版 --台北市：三采文化，2015.8（民104）
面：公分．--（Mind Map系列：103）

ISBN 978-986-342-439-0（平裝）

855 104012726

suncolor 三采文化集團

Mind Map 103

想念，卻不想見的人【十萬慶功全彩圖文增修版】

作者 肆一
責任編輯 劉又瑜
行銷經理 王曉雯
封面設計 黃思維
美術編輯 陳靜慧
妝髮造型 簡偉文
服裝造型 杜佳玲
攝影團隊 陳書海攝影工作室

發行人 張輝明
BRAND總編輯 杜佳玲
發行所 三采文化股份有限公司
地址 台北市內湖區瑞光路513巷33號8樓
傳訊 TEL:8797-1234 FAX:8797-1688
網址 www.suncolor.com.tw
郵政劃撥 帳號：14319060
戶名：三采文化股份有限公司
初版發行 2015年8月28日
7刷 2021年9月5日
定價 NT$320